『ウィニアがアウフグースしてあげるから、もう一回ロウリュしてみて……』
ウィニア
ヴィトー
「む
ぐ……」
ジュド爺《じい》
異世界精霊流
アウフグース

転生先は
北の辺境でしたが
精霊のおかげで
けっこう快適です
～楽園目指して狩猟開拓ときどきサウナ～

「あつあつあっついッス!?」
サープ
「うおおおおお!?」
ユーラ
『あははは、凄い熱さだねぇ!』
シェフィ

2
author 風楼
illustration Lard
tenseisaki ha kita no henkyoudesitaga
seirei no okagede
kekkou kaitekidesu
転生先は
北の辺境でしたが
精霊のおかげで
けっこう快適です
～楽園目指して狩猟開拓ときどきサウナ～

登場人物

ヴィトー

サウナが大好きな遊牧民、シャミ・ノーマ族の青年。精神は元日本人で、この世界を救うために呼ばれた『精霊の愛し子』とされる特別な存在。

ドラー

火を司る精霊。直情的な性格をしている。サウナの加護によって人間の限界値を伸ばせる。

シェフィ

のんきでのほほんとした、この世界の精霊。ヴィトーが行ったこの世界を救う善行を力にして彼が望むモノを形にすることが出来る。

アーリヒ

真面目で優しいシャミ・ノーマ族の族長。就任してすぐに結果を出し、村人たちに尊敬されている。普段は物静かだが一度決めるととんでもない行動力を発揮する。

グスタフ&グラディス

ラン・ヴェティエルと呼ばれる恵獣の親子。人々に恵みをもたらす高位の存在とされている。

サープ

ユーラとともにヴィトーの護衛をする、狩人の青年。女性にモテる人気者。調子に乗ってしまうところがある。

ユーラ

ヴィトーの護衛役で村一番の力持ち。豪快な性格だが繊細な一面も。

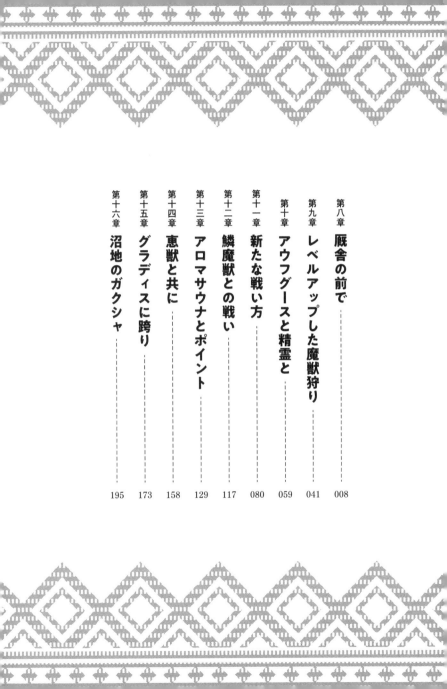

第八章　厩舎の前で

アーリヒと婚約してから数日が経ち、俺のコタの隣に作られていたグラディス達の寝床……厩舎《きゅうしゃ》がようやく完成となった。

木材の柱を立てて屋根を載せ……両開きのドアをつけて、床に木の皮や毛皮などで寝床を作って。

解体が楽で村を移動させる際にはソリに載せて運べるようにもなっていて……それが二頭分並んでいる。

ヘラジカや馬なんかの動物を飼うための厩舎なら、運動場と逃亡防止の囲いが必要になってくるのだけど、賢い恵獣《けいじゅう》にはその必要はなく……逃げることはまずないし、運動も自分達で勝手に良い場所を見つけてやってくれる。

恵獣が逃げるとしたらそれは世話の仕方が悪いとか、人間側の非によるもので……そうなってしまわないよう、しっかりと世話をしていくとしよう。

「よしよし……グラディスは良い子ですね」

出来上がった厩舎の前でそんな声を上げたのはアーリヒで、厩舎の中で座って休憩をしていたグラディスに、ブラッシングをしてあげている。

隣の厩舎のグスタフは、同じように座りながら、ぐっと首を伸ばしてその様子を覗き込んでいて……自分もブラッシングしてくれと言いたげな表情をしているが、アーリヒは順番通りにやると決めていて、あえての無視を決め込んでいる。

「ぐぅ～～！　ぐぅ～～！」

我慢出来ずにグスタフがそんな声を上げるが……それでもアーリヒはぐっと堪《こら》えてグラディスのブラッシングを続ける。

恵獣は群れを形成する生き物で、群れの中での階級といったら良いのか、立場といったら良いのか、力関係はとても大事なものであるらしい。

ブラッシングをするなら長から、あるいは年長者からする必要があるとかで……そこを間違えてしまうと、群れの中で喧嘩が増えて、群れが解散してしまったりするそうだ。

「ぐぅ～～～……」

ついには切なそうな声を上げるグスタフだったが、そうしながらチラチラと上目遣いでアーリヒの様子を確認していて……どうやら全ては計算済みのことであるようだ。

こんなに賢い恵獣なら、群れの解散なんてことになる前に話し合いとかでなんとかなるのでは？

なんてことを思うが、恵獣もそういった本能には逆らえないらしく、人間側でしっかり順序を付ける必要があるんだとか。

一度群れが壊れると新しい群れを作ったり、群れと群れの争いが起きたりして、怪我に繋がることもあり……酷《ひど》い時には精神的な負担で病気になることもあるそうだ。

まぁー……たった二頭の、母子の群れでそんな心配する必要はないと思うのだけど、それでもルールはルール、たった二頭であってもしっかりしておかないと……と、真面目なアーリヒらしい考え方だと思う。

「はい、終わりましたよ、グラディス、今日もキレイな毛並みですね、そしてグスタフ、待たせましたね」

俺があれこれと考えているうちにグラディスのブラッシングが終わり、グスタフのブラッシングが始まり……待ちに待ったといった様子のグスタフは、とても気持ちよさそうに目を細める。

目を細めてうっとりとして……なんとも気持ちよさそうなグスタフの表情を見ながら、俺は俺ですべきことをしようと体を動かす。

厩舎の前には恵獣用のトイレと食事場がある。

トイレは……まぁ、雑に掘った穴で、ある程度使ったらしっかりと埋めて、新しいものを掘る必要がある。

衛生管理のためにも、この栄養の少ない大地に栄養を与えるという意味でもとても重要なことで……焼いたりするのは禁忌とされている。

そして食事場は大きな木桶となっている。

そこにはお湯でふやかした木の樹皮を入れたり……食事量が十分ならお湯だけを入れたり、あるいは塩や砂糖を入れることもある。

そんな桶は毎日綺麗《きれい》に洗う必要があり……そんなトイレや食事桶の管理が今の俺の仕事だった。

基本、恵獣達の食事は餌場に連れていって済ませるものなのだけど、吹雪などで餌場にいけない場合はこの食事桶を使うことがある。

馬や羊のように飼い葉を食べることは出来ないので、樹皮とかになる訳だが、それもあまり消化には良くないのでお湯だけという日も多くなる。

お湯に塩や砂糖を溶かすこともあるし、ドライフルーツや野菜を入れることもあるのだけど、それも稀なことで……お湯だけとなってしまっても一日か二日くらいならなんとかなるらしい。

吹雪が何日も続き、お湯だけで耐えられないとなったら、吹雪の中であっても仕方無しに餌場に連れていくか、それか苔《こけ》を採取してきて、この食事場で食べさせる……ということもあるそうだ。

まぁ、この辺りでそこまでの吹雪になることはそうはないのだけど……と、そんなことを考えていると、誰かがこちらに駆けてくる足音がして、振り返ると大慌てといった様子のサープの姿がある。

……なんだろう、また魔王が出たのだろうか？　いや、それなら緊急事態だともっと大騒ぎになるはず。

最近は狩りに出ても出会うのは普通の獣ばかりで、魔獣に出会うこともなかったし……なんてことを考えていると、こちらに駆け寄りながらサープが震える声を上げてくる。

「や、やべぇことになったッス！　せ、先生が……先生が！　自分達を鍛え直してやるって言い出して、あれこれと準備を始めちまってるッス！

あの人、めちゃくちゃ厳しいんでそんなのごめんだし、100歳超えちゃってて色々あぶねーしで、絶対ロクなことにならねぇッスよ!?」

なんて声を上げながら俺達の目の前にやってきたサープは、肩を上下させながら荒く白い息を吐き出し……かなりの大慌てでここまで来たようだなぁ。

サープの先生というと……サープにあれこれを教え込んだ、かつて村一番の狩人だったっていうあの人か。

狩人人生の中で狩った魔獣の数はなんと四百超え、狩りに出て一ヶ月戻らず、遭難して死んでしまったかと思われていたら、五十頭以上の魔獣を狩って帰ってきたなんて伝説を持っている人だ。

「サープの先生というと、ジュド爺《じい》のことですか？　ジュド爺はもうすっかり衰えて外に出ることも稀だと聞いていましたが……」

ブラッシングをしながらアーリヒがそう声をかけると、サープは息を切らせながら言葉を返す。

「そ、そうッッス、ジュド先生ッス！

族長の言う通り、最近はすっかり弱ってたんスけど、魔王の話聞いたらなんかハリキリだしちゃって、前にヴィトー達と一緒に狩った魔獣の冷凍生肉とかを勝手に食って、なんか以前の力を取り戻しつつあるんスよ!!

その上、ほら、家族に危ないって止められたのに高温のサウナにも入っちゃって、そこでドラー様の加護を受けたとかで……自分達の数十倍、いや数百倍狩りをしてる先生だもんだから、受けた加護も強力なものになってたみたいッス……！」

火の精霊ドラーの加護は……身体能力を向上させた上で、衰えるのを防いでくれる、んだっけか。

そのおかげで元気になって、老化での衰えも防いでもらって……100年の人生で貯めに貯め込んだ経験値で一気にレベルアップしたって訳かぁ。

そんな話を聞かされてアーリヒと俺がどうしたもんだろうなと頭を悩ませていると……サープが駆けてきた方から凄《すさ》まじい轟音《ごうおん》が響いてくる。

「サァァァァァアプ!!　どこに逃げたぁぁぁ！

　魔王如きに苦戦しやがって、この出来損ないがぁぁ！　また一から鍛え直してやるから、さっさとこぉぉぉい!!」

　その轟音の主はどうやら噂のジュド爺であるようで……サープは怯えて厩舎の陰に隠れ、グラディスとグスタフは驚き目を丸くし……そして厩舎の屋根の上で昼寝をしていたシェフィが驚きのあまりに屋根から落下し……雪の中に埋もれる。

　それを見てアーリヒは慌てて駆け寄ってシェフィを救出し始め……そして俺は、熟練の狩人に色々なことを教わる良い機会だと考えて、ジュド爺の声がする方へと向かって、

「こっちですよー！」

　と、そんな声を上げて手を大きく振ってみせる。

「なっ……はぁ!?　ヴィトー!?」

　俺がジュド爺に声をかけたのを受けて、サープが裏返った声を上げる。

「いや、こういうのは習える時に習っておかないと、後で後悔しそうだからさ」

　そう返すとサープは口をパクパクとさせて……そこにジュド爺が、電球頭に白髭《ひげ》、サープの服によく似た青い服に白樺《しらかば》の杖という格好の枯れ木のように細い体の爺さんが、杖をついているとは思えない速度でこちらにやってくる。

「こんの馬鹿弟子が！　ようも逃げてくれやがったな！　お前は特別厳しくしてやるから覚悟して

おけ！

……そしてヴィトー様、お言葉聞こえておりましたが、馬鹿弟子とは真逆のお考えのようで……ご立派ですな」

やってくるなり厳しい顔でサープに声をかけ、柔らかな顔でこちらに声をかけてきたジュド爺はやたらと丁寧な言葉遣いをしていて……何故だか俺のことを敬ってくれているらしい。

「あの、そんなかしこまった口調ではなくて、サープに接する時のような調子で構いませんよ？　俺はそんな大した人間ではありませんから……。

それに良い機会ですから、ジュド爺から色々学びたいとも思っていまして……であれば相応の敬意が必要でしょう」

俺がそう声をかけるとジュド爺は、目を白黒させながら言葉を返してくる。

「む……そうですか？　ヴィトー様は精霊の愛し子であり魔王を倒した勇者でもあり、ワシら狩人からすると敬愛の対象なんですがな……。

しかし、まぁ……誰あろうご本人がそうおっしゃるならその通りに致しましょう。

あー……ヴィトー、お前もワシから学びたいとのことだが、一度弟子となったらワシは甘やかさんぞ、覚悟は出来ているのか？」

「はい、学ぶことを嫌って命を落としたなんてなったら後悔してもしきれませんから……。

あとで文句を言ったりはしないので、よろしくお願いします」

「はっ……最初はサープもそのくらい素直だったんだがなぁ、全く……どこでひねくれやがったんだか……」

するとと黙って話を聞いていたサープが、裏返ったままの声であれこれと言葉を並べていく。

「ば、馬鹿ヴィトー!?　ジュド先生の教え方はマジで異常なんスからね!?

手足縛られて谷の中に落とされて一人で帰ってこいとか、ナイフ無しで獣の解体をしないと食事抜きとか、そんなんザラなんスからね!?

ユーラも一時期教わってたけど、耐えられなくて逃げ出したくらいなんスから相応の覚悟と準備がいるッスよ!?

死んでも自分は知らないッスからね!?　いや、死なないにしても大怪我はほぼ確実ッスからね!?」

その言葉にはこれ以上ない力が込められていて、その表情には今までにない真実味が浮かび上がっていて……俺は思わず生唾を飲み、そんな俺を見てかジュド爺の杖がサープの脛《すね》を思いっきり叩《たた》く。

「この阿呆！　魔王なんて緊急事態に愛し子様をそんな目に遭わせる訳ねぇだろうが！　そもそもワシは噂に聞くジュウとかいう武器の使い方を知らん！　狩り方を知らん！

そうなればワシに教えられるのは基礎くらいのもんだ！　基礎の鍛錬くらいで死ぬ人間がいるか！」

その言葉と態度にサープは何かを言いたげにするが……余計なことを言わない方が良いと判断したのか、口をつぐむ。

するとそんな様子を見てジュド爺は満足そうに頷き……それからこちらに向き直り声をかけてくる。

「あー……ヴィトー。

とりあえず明日だ、明日からお前達に狩りの基礎を教えこんでやる。

学んだものを活かすも殺すもお前次第だ、ジュウとやらを使ったお前なりの狩りに昇華すると良い。

基礎とは言え甘くはしないから相応の準備をしておくように、サープとユーラも参加だ」

そう言ってジュド爺は、サープの襟首を摑み、準備をするためなのかサープを引きずりながら……枯れ木のような老人とは思えない足取りで、村の方へと去っていく。

その姿を笑顔で見送った俺は……ひとまず世話の続きだとグラディスとグスタフのブラッシングをすることにする。

『いやぁ、面白いおじーちゃんだったね、明日はどんなこと教わるんだろ？　サープみたいに気配を消す方法かな？　それとも獣を追いかける方法かな？』

するとシェフィがそんなことを言いながら目の前に浮かんできて……俺は世話をしっかりしながら言葉を返す。

「どうだろうなぁ……基礎だって言っていたから、それとはまた別のことを習うんじゃないかな？　俺は……狩りのことは村の大人達に軽く教わった程度だから、どんなことを学べるのか想像も出来ないね。

……いつ死んでもおかしくないジュド爺の教えだ、出来ることならメモなり取りたいとこだけど……もしメモ帳とボールペンって言ったら、どのくらいのポイントになる？」

俺のそんな言葉を受けてシェフィは不思議な力でもって空中に文字を描き出し……８３００ptとの文字が表示される。

『魔獣と魔王を倒したことで大幅ゲットだけど、毒弾丸を作ったり装填したりでサービスもしたから、ちょっと消耗しちゃってるね。

そしてメモ帳とボールペンはー……狩りをしながらだから、それなりに丈夫なやつで、氷点下でも使えるのにする必要があってー……

そうなるとー……３０００ptはかかるかなぁ～……どうする？』

その言葉に一瞬考え込むが……鉛筆はいざという時に芯が折れたり、文字がかすれたりすることも考えると心もとない。

立派なメモ帳とボールペンなら長く使い倒せるのだろうし……これも必要経費だろうとそう考えた俺は頷き……注文を行うのだった。


翌日。

グラディス達の世話を終わらせ、アーリヒに軽い挨拶をし……それから森に出ての授業が始まった。

俺、シェフィ、ユーラ、サープが生徒で先生はジュド爺。

場所は村からそう離れていない、獣が多く魔獣は少なく、シェフィが言う所の浄化されている安全な森で……そこに俺達の分とジュド爺の分のラーボを立てたなら早速授業開始となる。

「狩人になるために最初に覚えるべき、もっとも重要なことはなんだ？　サープには散々叩き込んだからな……ヴィトー、ユーラ、答えてみろ」

杖を突きながらだというのに手際よくラーボを立ててみせたジュド爺が、自分のラーボの前に仁王立ちになりながらそんな問いを投げかけてくる。

「……地理の把握ですか？」

「武器の使い方だろ」

『獣の生息地の把握かな？』

そんな俺やユーラだけでなく、シェフィまで参加しての答えはジュド爺の満足のいくものではなかったようで、ジュド爺の顔が険しくなり……サープの方へ視線をやって問いかける。

「……サープ、お前なら分かるな？」

「火の起こし方、ッスね」

そうサープが答えるとジュド爺は満足そうに頷き、説明を始める。

「どんな状況でも火さえ起こせれば体を温めることが出来る、水を確保することが出来る、食事をすることが出来る、暗闇を照らすことが出来る。

火を起こせるかどうかで生死が決まると言って良い……狩人の死因の半分以上が遭難によるものだからな、森に入るからには火を起こせるようになってもらう必要がある」

それは意外なというか、予想もしていなかった内容だったけども、納得出来る内容でもあった。

この極寒世界で火を欠かすことは出来ず、火さえあれば雪を溶かして煮沸して飲料水が作れるし、食事が出来るし……遭難した際に火を起こせるかどうかが生死を分けるというのはその通りなのだろう。

……しかし火起こしに関しては、毎日やっているというか、生活の中で当たり前にやることで、俺もユーラも、何ならその様子を見ているシェフィにも出来ることだと思うのだけど……わざわざ習う必要があるんだろうか？

なんてことを考えているとジュド爺が何本かの薪と水の入った桶を持ってきて、その桶の中に一本一本薪を沈めながら口を開く。

「昼に雨が降ったとしよう、薪は全部濡れてしまった、そして数刻もせんうちに寒気がやってきて極寒になると仮定する。

数刻のうちに火を起こす必要がある訳だが……さて、お前らならどうする？　周辺の木々も雨に濡れたものとして、伐採は禁止だ。

道具は今持っているものを使って良い、その濡れた薪を使っても良い、それぞれワシが合格をやれるくらいの焚き火を作ってみせろ。

さぁ、やってみろ……数刻のうちに出来んかったら、近くの池に飛び込んで遭難気分を味わってもらうぞ」

その言葉に俺とユーラは少しの間、首を傾げて硬直してしまう。

そしてサープは猛烈な勢いで地面を掘り始め……雪を除け、落ち葉を除け、土を掘り返し……その下に残っていたらしい木の枝を集め始める。

それを見てユーラは何の躊躇《ちゅうちょ》もなくラーボの布の一部を切り取り、着込んでいた毛皮のコートの一部を切り取り、そして濡れた薪を手にとってラーボの中に入り火床《ひどこ》……焚き火をするための場所作りを始める。

どうやら普通に焚き火を組んで布や毛皮を火口《ほくち》とすることで着火させるつもりであるらしい。

そんな二人の様子を見て俺は……とりあえず火床を作るかと作業を始める。

場所はラーボの中、雨が降ったばかりで寒気も来るとなったら外に作る訳にはいかないだろう。

狩人が持つ道具の一つ、木製のシャベルのようなものでラーボの地面を軽く掘って、土を集めて土の山を作る。

そうしたらその山の頂上を削って凹《へこ》みを作り……それから外に出て雪の上に落ちている木の枝を集める。

集めたならそれを適当な大きさに折った上で凹みに敷き詰め……敷き詰めたならそこに火口、狩りに出るからと用意しておいた木の樹皮を火口として砕いて載せる。

そうしてから薪をどうやって調達するかな、なんてことを考えながらラーボの外に出て……これで良いかと濡れた薪を手に取り、ラーボの中に持ち帰り、ナイフでもって濡れた薪を割っていく。

割ってみると中は濡れていないので濡れていない部分を薪として火口の上に組み上げていき……その外側に濡れている部分を並べておく。

小さな火でも起こしてしまえば濡れた薪を乾燥させてくれるはず……割っていない薪も何本か並

べて、よし火を点けるかと火打ち石を取り出していると、ラーボの外からジュド爺の声が聞こえてくる。

「よーし、順調みてぇだから火打ち石をなくしたもんとして使用禁止だ！　なんとか考えて火起こししてみせろ！」

「あ、ひでぇッス!?　雨降りの中火打ち石をなくす訳ねぇってのに、なんつー条件追加するんスか!?」

その声にすぐさまサープが抗議の声を上げるが……、

「うるせぇ！　火打ち石は雨に濡れたくらいじゃ使えちまうから、こうするしかなかったんだよ!!」

と、ジュド爺が身も蓋もない声を返し……サープとユーラが悲鳴を上げながら火打ち石なしの火起こしをするための準備を始める。

火打ち石なしというと……木を擦り合わせての摩擦熱になるんだろうか？

この寒さの中でそれはかなり厳しそうだが……ドラーの加護で身体能力が上がっている二人ならなんとかなる……のかな？

俺は……そういった火起こしをやったことがないのと、元々の身体能力が低いせいで、その方法は難しいように思えて……それならばとラーボから顔を出し、ジュド爺に問いを投げかける。

「ジュド爺、狩りに持ってく道具なら何を使っても良いのですか？」

「ああ、構わねぇぞ、今持ってるもんならなんでも使え」

との答えを聞いて俺は、上着のポケットの中に手を突っ込み、そこに入っていた弾丸を取り出す。

それから大きめの薪の一部を削り、溝を作ってしっかりと弾丸がハマりこむようにし……弾丸をはめ込んだ薪を火床に置いて、弾丸の周囲に火口の樹皮を集めて小山にする。

昔映画で見た方法だけども、問題はないはず……と、そんなことを考えながらナイフを構え……思いっきり雷管《らいかん》を叩いて中の火薬を着火させ、その熱でもって火口にも着火する。

「おー……出来るもんだなぁ」

『わぁ、さすがヴィトー、武器をそんな風に使うなんて色々考えるなぁ』

俺が声を上げると、シェフィがそんなことを言いながら近付いてきて、火口に触れてイタズラしてこようとするので抗議の視線を送るが、シェフィはぷかりと浮かんでそれを躱《かわ》し……やれやれと肩をすくめてから火口に意識を戻し、そっと息を吹きかけて火を大きくし……あとはいつもの手順でしっかりとした焚き火へと仕上げていく。

「え？　あっ、ずるいぞヴィトー!?　こっちにもそれくれよ！」

「もう火起こししたんスか!?　精霊様、こっちにも助力をくださいッス!!」

するとユーラとサープがそんな声を上げるが、同時にジュド爺が凄い目でこちらを睨んでもきていて、俺とシェフィは何も返さずに火に意識を向けて、焚き火を大きくしていく。

ゆっくりと火が大きくなり、濡れていた薪が乾燥して火が移り……しっかりと焚き火を起こせたと言える規模となった所で、ラーボの外からガンガンと凄まじい音が聞こえてくる。

それはまるで鉄の塊を何かで叩いているかのような音で……何事だろうとラーボから顔を出すと、俺達からの助力を諦めたらしいユーラとサープが、鉄塊の上に槍の穂先……予備で持ってきたものだろうか、それを置いて別の鉄塊を叩きつけているという謎の光景が視界に入り込む。

ユーラが鉄塊を叩きつけていて、サープは槍の穂先を持っていて……俺とシェフィがその光景を見やりながら首を傾げていると、ジュド爺が声を……鉄塊を叩きつける音に負けないくらいの大声をかけてくる。

「こいつら二人で協力することにしたようだ！

そしてあの鉄塊は体を鍛えるために背負鞄に入れておいたもんらしい！

そしてそんなもんで何をしているかっつーと鍛冶屋の真似事だな！　鉄はああして叩くと熱を持つ、それが過ぎれば火が起こるってぇ訳だ！」

それは俺の疑問全てを片付けてくれる説明だった。

鉄を叩きつけることで熱……というのがよく分からない部分ではあったが、こちらの世界の鍛冶屋では当たり前の手法らしい。

……衝撃がエネルギーになって熱になっている、のかな？

実際槍の穂先はだんだんと赤くなっていて……もう少ししたら着火出来る温度になってくれそうだ。

鉄塊を結構な速度で繰り返し叩けているのはユーラの本来の身体能力なのか、精霊の加護のおかげなのか……その両方かな？　なんてことを考えているとすっかりと潰れた槍の穂先が真っ赤になり、それをユーラのラーボにある火床に押し付けると火口が燃え始め……二人が息を吹きかけると火が起こり、焚き火となっていく。

それからサープの火床に火を移し……三人の焚き火が完成となった所で、それぞれのラーボを覗き込んだジュド爺が声を上げる。

「まずヴィトー、ジュウとかいう道具を上手く使ってよくやったな。まさかあんな真似が出来るとは……全く精霊様のお力というのは本当に凄まじいものだな、それを臆せず利用したヴィトーも大したもんだ。

そしてユーラとサープ……まず協力するのは良い、遭難したなら側にいるもんで協力し合うのが普通だからな。

次に鉄塊を使ったことは……全くの予想外だったがな、上手くやったもんだ。いざ遭難したなら手法だ道具だと四の五のは言ってられん、今あるもんを使って上手いことやるしかない。

それにすぐに思いついて行動を起こし、結果を出したことは褒めてやる……中々の力だったしな、サープもちっとは成長してんだなぁ……後は精神面がもう少し成長したなら後を任せてやっても良いんだがな」

その言葉に俺は喜び、ユーラは拳を突き上げながら「よしっ」と声を上げ、そしてサープはきょとんとした顔をする。

また子供の頃のように厳しく躾《しつ》けられると思い込んでいたら、後のことを任せても良いとの言葉……それがたまらなかったのだろう、涙目となって言葉を詰まらせる。

そんなサープの様子をみてジュド爺は、少しだけ居心地悪そうにしてから咳払いをし……空気を変えるためか、あえてサープを無視して声を上げる。

「……ワシはもっとこう、木をこするとかそういった方法を試すもんだと思ってたんだがなぁ……。

まぁ良い……火起こしの次に教える狩人の心得は、何故魔獣を狩らねばならんのかという話だ。

……これを誰かに話すのは初めてだ、初めてのことだが……お前らには必要な話だろう。

どうしてワシらが魔獣と戦っているのか、どうして精霊様と共に在らねばならねぇのか……家長連中が盛んに口にする土地の浄化や開拓というものがどういうもんなのかを今から話してやる――」

そう言葉を続けたジュド爺は、仕草で焚き火の側に腰を下ろすことを勧めてから、魔獣についてをあれこれと語っていく。

ジュド爺が生まれるよりもはるか昔、この世界にはとんでもない化け物がいたそうだ。

その化け物はとにかくメチャクチャな存在で強力無比で、人間や他の生物全てにとっての宿敵であり……人間は獣や精霊と協力することでその化け物を打ち倒したらしい。

『うふふふ、ボク達も皆も頑張ったんだよ！　凄く大変だったんだからね！』

話の途中シェフィがそんな声を上げ、ジュド爺はそれに嫌な顔一つせず、うんうんと頷き、敬意でいっぱいの笑顔をシェフィに向けてから話を続ける。

「それで世界が平和になればよかったんだがな……そうはならず、化け物が死に際に残した呪いに、この世界は苦悩することになった——その呪いが魔法と言われるもんだ。

化け物の死と同時に人間が扱えるようになったそれは、念じて呪文を唱えれば火が起こる、風が起こる、水が湧き出る……と、凄まじいまでに便利で、色んなことに役に立つ代物だが……その便利さこそが化け物の仕掛けた罠だった。

便利過ぎて一度使ったなら依存しすぎてしまう魔法、実のところそれは使えば使う程に瘴気《しょうき》を生み出してしまうものだった……。

瘴気が魔獣を生み出し、魔獣と瘴気が世界を歪め滅ぼし、いつか化け物を蘇《よみがえ》らせてしまうもんだと分かっていても、ついつい使ってしまう。

そのうちに魔法に依存した連中は、魔法は化け物を討伐した報酬だと、神から与えられた恩恵なのだと、そんな欺瞞《ぎまん》まで口にし始め……使うのを止めろと警告する精霊様を迫害までし始めた

「────」

『あの時はさすがのボク達もびっくりしちゃったよね、もうちょっと早く魔法をなんとかしておくべきだったなぁ』

またもシェフィが声を上げるが、ジュド爺はそれも織り込み済みとばかりに流れを止めることなく話を続ける。

何も全ての人間が魔法に依存した訳ではないらしい……が、かなりの人間達が魔法に依存してしまったんだそうだ。

そうして精霊の教えを守ろうとする者達と、魔法を使おうとする者達とで争いが起きてしまって……精霊達が人間同士で争うことこそが化け物の思惑であると説得し、精霊の教えを守ろうとする者達は争うことを止めて、それまで暮らしていた土地から……魔法と瘴気に汚染された土地から離れて暮らすことを選んだ。

その地で……辺境で暮らしながら魔獣を狩り、汚染された土地を浄化し、化け物の呪いと戦い続ける道を選んだ。

ここ北の辺境地だけでなく東に西、南に住まい……海の向こうの孤島や、その更に向こうにある

とされる未知の大陸を目指して旅立った者達までいるらしい。

「お前達がよく口にする沼地の連中とは……つまるところ魔法に依存した連中のことだ。そもそもあそこら一帯は沼地でもなんでもなかったんだがな……それが魔法のせいであの有様よ。だがな……それでもまだマシな方なんだ……。

沼地の連中は今でもワシらと付き合いがある、魔法が化け物の呪いだということを知っている……だから魔法に依存しながらも必要最低限しか使っていない、そこまでの依存はしていない。

それが更に南に行くと……魔法に依存しきった地獄のような世界が広がっていてな……ワシは若い頃に一度だけ、呪いの恐ろしさを確認するためにその辺りに行ったことがあるんだが……アレをなんと表現したら良いのか、未だに分からん程に異様な光景が広がっていた……」

そう言ってジュド爺は続いていた説明を中断させる。

何かを思い出しているのか、言葉に詰まっているのか……話の先が気になった俺は、問いを投げかける。

「……ジュド爺、それはどんな光景だったんですか？」

するとジュド爺は小さなため息を吐き出し……その光景をなんとか言語化しようと言葉を紡いでいく。

「……なんと、なんと言ったら良いものかなぁ……。

例えばそうだな、お前らもリンゴは知っているだろう？　リンゴ……実物を見ることは少ないだろうが、それでもたまに手に入るアレだ。

アレの色がな、向こうでは真っ青なんだ、紫色だったりもする。

そしてリンゴの木の葉がな……こう、未だに自分の目と記憶が信じられんが三角形なんだ、刃物で切り取ったみたいにな。

と、いうか、そもそも木がまっすぐ伸びておらん、そりゃぁ木の中には曲がりくねって伸びる木もあるもんだが、あそこでは異様に曲がりくねっていて……そうかと思えば不自然に、何かで切り落としたのかと思う程に真っ直ぐでカクついていたりして……。

……道端の花が球体だった時には目眩《めまい》のあまり気を失いそうだった。

そして連中はその光景が普通のもんだと思いこんでいて……自身の姿すら次第に人のそれから離れていっていることにも気付いてねぇんだよ……」

そんな風に世界が歪み……歪みに巻き込まれた獣が魔獣であり、魔獣は存在しているだけで瘴気の汚染を拡大させる。

だから魔獣を狩らなければならない、瘴気を浄化しなければならない……この辺りを完全に浄化し、いつかは南に勢力を広げていき、汚染されきった……そんなとんでもない土地も浄化しなければならない。

「……ワシらの手でそれを成せれば良かったんだが、どうにも上手くいかず、それどころか子供が減って一族消滅の危機なんてことになってしまったが……そこをアーリヒが立て直してくれて、そしてヴィトー……お前が生まれてくれた。

……ヴィトー、お前の手で世界を救えとも、歪み全てを正せとも言わん……言わんが、流れを変えてくれ、次の代かその次の代に世界を救えるよう土台を整えてくれ。

精霊様が最後の手段……切り札として生み出してくれたお前こそが、ワシらの希望なんだ」

『うんうん、ヴィトーが頑張ってくれたらきっと世界は良くなるよ！　ユーラとサープと、ジュドと村の皆もね！　皆真面目で優しくて、ボクとしては嬉しい限りだね！』

ジュド爺だけでなくシェフィまでがそう言ってきて……そんな中ジュド爺は、こちらになんとも意味深な視線を向けてくる。

……なんだかジュド爺とシェフィ、妙に仲が良いというか、お互いのことをよく知っていそうというか……もしかしてジュド爺、以前からシェフィのことや俺の正体のことを知っていたのだろうか？

と、そんなことを考えてシェフィのことを見やると、シェフィは唇を突き出してぴゅーぴゅー下手な口笛を吹き、今どきそんな誤魔化し方ある!?　というくらい下手な誤魔化し方を見せてくる。

それを受けて俺は……まぁ、シェフィがそうするなら何か言えない理由があるのだろうと察して……不承不承ではあるけども深く突っ込まないことにし、そして今の話をしっかりとメモ帳にメモしておくのだった。

俺がメモをしていると、それを見て何か思うところでもあったのか、ジュド爺も荷物の中に入っていたらしい樹皮に、炭でもって何かを描き始める。

文字ではない、シャミ・ノーマ族に文字の文化はなく……何らかの絵図であるらしい。

そちらも気になるけども、今聞いた話も大事だからとメモを進めて……メモが終わると同時にジュド爺も何かを描き終える。

「魔獣を狩らなければならない理由を話しはしたが……ワシらだけでこの世界全ての魔獣を狩ることは出来ん。

まずはこの辺り……ワシらが住まう北限の地を浄化し、ワシらや恵獣様が安心して暮らせる土地として開拓していく必要があり……そうやって一族を豊かにし、一族の数が増えていけばいつかは世界全ての魔獣を狩れるようになるかもしれん。

つー訳でお前らに与えられた役割はその先駆けだ、シャミ・ノーマ族が大きくなるための第一歩だ。

今は世界なんかに目を向けてねぇで、足元を見とけってこったな。

ほれ、お前らが浄化すべきこの辺りの地図を描いてやったぞ……よく確認しておけ」

と、そう言ってジュド爺は樹皮を地面に敷いた布の上に広げて見せて……なんともざっくりとした感じの、横長の台形のような図が視界に入り込む。

それは俺の知っている前世の地図のようなものではなく、絵心も何もない人が描いた適当な絵図のようで、なんとも地形を把握し辛《づら》いが……その図の中に今の村の位置と池の位置が追記されると、なんとなく位置関係を把握することが出来る。

俺達の村があるのは台形の中央からやや右辺りの南端、池はそこから左にあり……冬が終わったなら移動する先、北の奥地と言われる夏営地は、意外にも台形の中央辺りにあるようだ。

「今の所、浄化が済んでいると言えるのは今の村とこっちの……村の北側の一帯になる。

今までは浄化を済ませてもすぐに魔物共が入り込んできていたが、今は鳴子やら罠やらがあるからな……侵入はほぼねぇし、あったとしてもすぐに気付くことが出来る。

ってな訳でここらは完全に浄化出来ていると考えて良いだろう。

他の地域はそれなりに汚染されちまってるが……沼地程の汚染じゃねぇからそこまでの変化はねぇ。

とは言えいつまでも放置は出来ねぇ……いつかは浄化と開拓に向かう必要があるからな。

……ちなみにだが、ワシらの村の東西には別の村があり……そこには別のノーマ族が暮らしていて……まぁ、わざわざ言わんでもお前らも知ってることだと思うがな」

と、そう言ってジュド爺は台形の左右に丸を描き、多分ここらだとそんなことを言う。

そこに住んでいる人達は、元々は同じシャミ・ノーマ族だったらしい。

だけども方針の違いでとか、流行《はや》り病などで全滅するのを避けるためだとか、そんな理由で分かれて暮らすことになり……今ではそれぞれ勝手な一族名を名乗り、それぞれ好きなように暮らしているらしい。

「もしかしたら連中の住んでいる地域も浄化されてるかもしれねぇが……されてねぇかもしれねぇ。情報がない以上は判断出来ねぇからな……汚染されているものと考える。

……で、これからのお前らの方針だが、東西にはその連中が、南には沼地の連中がいるからな、そこらに手出しすると変に揉める可能性がある。

つー訳でまずは北に向かって浄化していくべきだろう、これからは気温が上がる季節で……北に向かうのもそう辛くはねぇだろうからな」

と、そう言ってジュド爺は台形の上へとふらふらとした線を描いていく。

それはジュド爺が直線を描けないとかそういうことではなく、ジュド爺なりに把握している地形を加味した上で、こんな感じで開拓していけと、そう示しているらしい。

が……うん、元々の図が地図らしからぬ絵図な上に、縮尺も分からないのと高低差なんかも分からないのもあって、参考にならないというか……すべきではないのだろうなぁ。

実際に自分達で足を運び、地図を作り……じっくりと浄化と開拓を進めていくしかないのだろう。

「……ふと思ったんですが、開拓って具体的にどんな作業をするんですか？

シャミ・ノーマ族は遊牧をしている訳で……定住民のように家やらを建てるって訳でも、土地を切り開くって訳でもないんですよね？」

その絵図を見ているうちに浮かんだ疑問をそう口にすると、ジュド爺とユーラとサープがぽかんとした……一体何を言っているんだこいつという顔をし、そんな三人を代表する形でユーラが口を開く。

「そりゃお前、サウナに決まってんだろ。

サウナ用の小屋を建てるとか小屋のための場所を確保するとか、サウナに使える洞窟を見つけるとかして、目印になるようなコタや木の柱を立てたならそこら一帯は生活が可能な地域になる。

サウナさえあればそこに村を移動出来るからなぁ……そこにサウナさえありゃぁシャミ・ノーマ族はもちろん、他のノーマ族だって村を移すはずで……そうやって村が移せる場所が多くなりゃぁ、それだけ多くの餌場が手に入る訳で、それだけ多くの恵獣様を養える。

餌場が多ければ恵獣様だけじゃなく家畜なんかを飼えるようになって、売るもん食いもんがそれだけ増えて豊かになって、子供もどんどん増やせる訳だな。

それと……さっきのジュド爺の話からすると、魔物侵入防止の鳴子やらも必要になるか……？」

ユーラのそんな言葉を受けてジュド爺は、

「そうだな……サウナ作って魔物が侵入出来ないようにしたら、開拓完了と考えて良いだろうな」

と、そう言って地図の中にここらにサウナが欲しいという位置を、かなりざっくりだけど描き込んでいく。

「……サウナがあれば開拓が進む、サウナがなければ活動範囲が制限される……。

ただ気持ちよいだけじゃなくて、生活の根幹、生きていくための大事な施設なんですねぇ」

その地図を見ながらそんな感想を俺が漏らすと、シェフィを含めた皆は当たり前だろう？　と、言いたげな表情をし……ユーラに至っては今更何を言ってんだ？　とばかりに鼻息をふんすと吐き出す。

シャミ・ノーマ族が何故遊牧するのかと言えば、一箇所に村を固定してしまうと恵獣やら家畜やらが一帯の餌をあっという間に食い尽くしてしまうからだ。

だから定期的に土地の浄化をしながら村を移動させていて……その移動先の選択肢が増えるということはつまり、それだけ多くの餌が得られるということに繋がる訳だ。

浄化と開拓は世界を救うというお題目のためだけではなく、そういった日々の暮らしのためでもあり……それが成せれば村はうんと豊かになり、大きくなることだろう。

そうやって村が大きくなって、一族が増えていけばいつかは世界全部を浄化出来る……かもしれず、少なくとも今よりは良い状況になるに違いない。

そのための浄化であり開拓であり……魔獣狩りであり、そのために精霊の愛し子である俺がこの世界に生まれたって訳かぁ。

サウナのために、サウナに入れる場所を増やすために、そうやって一族を繁栄させるために……。

サウナのためにと考えてしまうとなんとも言えない気分になるけども……うん、皆の暮らしを豊かにするためにっていうのなら納得は出来る。

皆の暮らしが豊かになればアーリヒも喜んでくれるはずで……それならやる気も出てくるというものだ。

もちろんそれは自分のためでもあり、魔獣がいなくなって世界が浄化されて、村が大きくなって日々の生活が豊かになって……そして俺の日々も豊かになる、うん、そうなってくれたら最高だろうなぁ。

毎日肉が食えてサウナに入れて、そして隣にアーリヒがいてくれて……シェフィやグラディス達もいてくれて……更には余ったポイントで便利なあれこれを手に入れて優雅な生活まで出来てしまうかもしれない。

賑やかで楽しくて温かくて、悪くないスローライフが送れる気がするなぁ。

「……まぁ、うん、俺達がやるべきこと、目指すべきことは分かったよ。

それでジュド爺、これから狩りや開拓をしていくための、何か習うべきことはあるのですか？」

今聞いた話を頭の中で咀嚼《そしゃく》し、しっかりと記憶し……ついでにメモを取りながらそう言うとジュド爺は、ニカッと笑って、

「そりゃぁあるとも、たくさんあるが……今のお前らに教えてもしょうがねぇことばかりだ。

だから今は実戦で狩りを学べ、魔獣を狩りまくれ。

狩りまくって浄化を進めて開拓地を増やせたなら、森との付き合い方、虫との付き合い方、豊かな森の作り方なんかを教えてやる。

つー訳で、ほれ、早速一体か二体魔獣を狩ってこい。

今日中に狩れなかったら、冷水にその怠けた全身を押し込んでやるからな」

と、そんなことを言う。

それを受けて俺達は空を見上げ……太陽の位置を確認して、残り時間がそうないことを察して大慌てで立ち上がり、狩りに出るための支度を手早く進めていくのだった。

第九章　レベルアップした魔獣狩り

俺は銃を用意しシェフィを頭に乗せて、ユーラとサープは槍を用意し背負鞄をしっかりと背負い……そうやって準備を整えたなら、ここから離れるべく一塊となって駆け出す。

先程も話題に上がっていたけども村の周囲やこの辺りには鳴子などがあり、魔獣や獣が近くにいるのならそれらが反応しているはずだ。

だけども朝からそういった反応は一切なく……魔獣を狩りたいのなら、場所を変える必要があるだろう。

村から遠く離れた一帯へ、鳴子などが仕掛けられていない未開拓地へ……東西南はトラブルの可能性があるので北へ北へ、これから開拓する予定の一帯へと駆けていく。

ジュド爺は今日中に狩れなかったら罰を与えるなんてことを言っていて……安全性を考慮すると日が沈んだ後に狩りをする訳にはいかず、日暮れまでがタイムリミットとなる。

ラーボの支度や先程の授業で、既にそれなりの時間が経ってしまっていて……日本とは比べ物にならない程に日が短いこの辺りの日暮れは早く……残された時間は一時間か二時間くらいのものだろう。

「二手に分かれるッス！　自分が単独で！　ユーラとヴィトーがコンビで！」

その途中サープがそう声を上げてきて、ユーラと俺はすぐさま頷き、それを受けて頷き返したサープは速度を上げ雪を蹴り上げ、森の中へと消えていく。

隠密能力があり奇襲が得意なサープなら一人でも問題なく魔獣を狩れるはず……索敵にも機動力にも優れているから単独の方がより効果的なはずで……その上、二度のレベルアップを経ているものだから、安心して任せることが出来る。

一度目はドラーとの出会いで、二度目は魔王戦の後で。

俺とアーリヒがサウナに入った後にユーラとサープもしっかりサウナに入っていて……その際にドラーが出てきてきっちりとレベルを上げてくれたそうだ。

俺に関しても裏でこっそり加護を与えてくれていたとかで、そんな二度のレベルアップを経て俺達の身体能力はかなり上がっているようで……感覚的には前世の世界で言うところのトップアスリートレベルになっている……気がする。

速度も力もスタミナも、全てのステータスがトップアスリート並で……短距離走選手の速度でもって長距離走選手のようなスタミナを発揮出来るのだから、傍《はた》から見たらとんでもないというか、化け物のように見えることだろう。

そこに経験とスキルが追加されていて……うん、普通の魔獣であれば余裕で勝てる強さになっている と思う。

「だっはっはー！　精霊様の加護はすげぇなぁ！　全然息が切れねぇ!!」

なんてことを考えながら駆け続けているとユーラがそんな声を上げ……両手両足を元気に振り回しながらズンズンと速度を上げていく。

「き、気持ちは分かるけど、狩りの前にバテてしまわないようにね！」

ユーラと違って少しだけ息が切れ始めた俺がそう返すと、ユーラはそれもそうだと速度を緩めてくれて……駆けながら鼻を突き出しスンスンと鳴らし、魔獣の臭いがしてこないかと、風変わりな索敵をし始める。

そんなことをしていてもユーラの息が切れることはなく……一方俺は少しずつ息が荒くなっていて……同じだけのレベルアップをしていてこれだけの差が出ているのは、元々の体力の影響なのだろうか？　なんてことを考え始める。

元々のユーラの体力を100とするなら、俺は50くらいで……二度のレベルアップを経てユーラは400になって、俺は200になっている……みたいな。

レベルアップ……火の精霊ドラーの加護による身体能力強化は、本来の身体能力に加算ではなく乗算されるものらしく……これだけ明確な差が出ているとなると、勘違いとかではないようだ。

そうなると元々の力と体力に優れているユーラが一番恩恵を受けそうだけども……ドラーは職人や家事をしている女性達にも加護を与えると言っていたはずで、そういった人達をあのさっぱりとした性格のドラーが蔑《ないがし》ろにしているとは思えない。

つまりは体力以外の部分……その人達にとって最も必要な部分が伸びていてもおかしくないはずで……そう考えると俺にも何か、特別に伸びている部分がありそうだ。

前衛担当のユーラは体力や筋力が特別に伸びていて……俺は別の、ユーラとは違った何か……銃を扱うための何か……器用さとか冷静さとかかな？

まだ見えてきていない何か……内面的なものとか、何かこう俺に思いつけないようなこととか、その辺りで何かあるのかもしれないなぁ。

なんてことを考えていると鼻を突き出したユーラが声を上げる。

「んお!?　ヴィトー！　なんかくせぇぞ！

多分近くに魔獣がいる！　なんとなくだが臭いが強いから結構数がいそうだぜ！」

「分かった！　そちらに向かおう！」

俺がそう返すと、頷いたユーラは進路を変えて駆けていく。

……ユーラの鼻が臭いを嗅ぎつけたというくらいだから、すぐ側にいるのかと思ったが、速度は早いまま結構な距離を駆けることになり……うぅん、まさかの嗅覚強化？

嗅覚が変に鋭敏になると生活の中で困ることがありそうだけども……なんてことを考えていると、ユーラが駆けるのを止めて槍を構え、両足を広げてどっしりとした構えを取る。

木々はないが雪に覆われた大岩がゴロゴロと転がっているこの一帯のどこかに魔獣が隠れているらしく……俺はユーラの後方で銃を構えて周囲への警戒を強める。

ユーラの鼻が正しいなら数は複数……大岩に隠れているとしても、そこまでの数が隠れていられるような場所はないと思うけど……。

「岩じゃねぇ！　下だ!!」

そう言ってユーラが駆け出す。

下？　下とは？　と、そんな疑問を抱いた瞬間ユーラが槍を雪へと突き立て、悲鳴のような声が上がる。

『ゴァァァァァァァァ!?』

直後雪が爆発したかのように噴き上がり、槍を背中に突き立てられた黒く大きな魔獣が姿を見せる。

今まで狩ってきた熊型よりは小さいが、それでも人よりは大きく、なんとなくクズリ……ヒグマさえも襲うという獰猛《どうもう》な獣によく似ている。

熊にも似ているが体が小さく足が長く、尻尾も大きく長く……クズリは確かイタチの系統だったか。

イタチを大きくして凶暴化させたという感じでもあり、毛が針のように逆立ち、不自然なくらいに真っ黒で……爪が無意味に長く鋭い辺りからも、魔獣であることが分かる。

「ほ、ほとんど刺さってねぇじゃねぇか!?」

なんてユーラの声の通りユーラの突き立てた槍は、針の毛に妨げられたのか穂先の先端しか刺さっておらず、どうやらこの魔獣の毛皮はかなりの強度があるようだ。

そんな魔獣は槍を気にした様子もなく立ち上がり、両腕を大きく広げての威嚇をこちらに見せてきて、

「ユーラ！　跳び退《の》いて！」

ならばとそう声を上げた俺が銃口を魔獣へと向けると、ユーラが凄まじい……漫画のようなジャンプ力で跳び退き、クズリ魔獣までの射線が通る。

心を静かにし、しっかりと狙いを定めて引き金を引く、油断せず二連射。

いつもよりも心が静かな気がする、狙いもすっと決まってくれた、連射もスムーズだ、これがレベルアップの恩恵なのだろうか？

直後、聞き慣れた破裂音がしてクズリ魔獣の頭と腹に着弾し、立ち上がっていたクズリ魔獣がそ

の衝撃で仰向《あおむ》けに倒れるが、血は噴き上がらない。

背中だけでなく腹の毛皮まで分厚いのかと舌打ちをした俺は、すぐさま銃を中折状態にし、薬《やっ》莢《きょう》を取り出す。

それから再装塡しようとポケットに手を突っ込んでいると、クズリ魔獣が予想を超えた速度でこちらに突っ込んでくる。

短い足でガシガシと雪を蹴って、あっという間に目の前までやってきて口を大きく開けて牙を剝《む》き——俺は大慌てで地面を蹴って右に避けようとする。

すると予想していた以上の力が出て、クズリ魔獣以上の速さで跳び退くことが出来……巻き上がった雪に突っ込んだクズリ魔獣は、俺という獲物が突然消えたことに驚き、周囲を見回し——

「うぉぉぉぉぉぉ!!」

と、そこにユーラの声が響き渡る。

その声はまさかの上から聞こえてきていて、一体何がどうなってと視線を上げると槍を構えながら落下してくるユーラの姿が視界に入り込み……落下の勢いのままに構えた槍をクズリ魔獣の背中に突き立てる。

レベルアップした力で大きく跳んだのか、どこかの木に登ってそこから飛び降りてきたのか……どちらにせよその威力は凄まじく、クズリ魔獣の毛皮どころか体までを貫通し、クズリ魔獣の体が串刺しとなり、槍の穂先が地面へと突き刺さる。

「ヴィトー！　こいつ熊よりやべぇかもしれねぇぞ!!」

そう言ってユーラは焦った様子で槍を引き抜こうとしていて……既に魔獣は絶命しているのに何をそんな焦っているのか？　と首を傾げながら弾を再装填した俺は、周囲で蠢《うごめ》く気配に気付く。

どうやら他にも魔獣がいるらしい……流れ的にこの魔獣の仲間なんだろうな。

あんな速さと硬さで来られると、二連発のこの銃では難しい相手だが……ユーラもいることだし、協力し工夫をしたならなんとかなるだろうと中折状態だった銃をしっかりと戻し、構えを取る。

毛皮は貫通出来ない、だけども衝撃はあるはず……そして毛皮に覆われていない部分を狙うという手もあるはずで……と、そんなことを考えていると荒い息遣いと先程聞いた魔獣独特の嫌な響きの声も聞こえてきて……そしてどうにか槍を引き抜いたユーラが鋭い声を上げる。

「ヴィトー！　数が多い！　お前にも何体か任せるぞ！」

それが開戦の合図となったのか岩陰や雪の下から魔獣が飛び出してきて……ユーラはどっしりと構えてその場での迎撃体勢を取り、俺はさっと駆け出しながら銃口を魔獣へ向ける。

雪の中を駆けて、駆けながら周囲にどれくらいの魔獣がいるのかを把握し……恐らく六体、うち二体がこちらを追いかけてきているようだ。

二体のうちの一体はもう少しで俺に追いつくというところまで来ていて……大口を開けてこちら

に噛《か》みつこうとしたのを受けて、それに合わせて銃口を向けて引き金を引く。

口の中は効くだろう、そう考えての二連射は思惑通りの効果を上げてくれたらしく、こちらに突っ込んでくる魔獣の口から大量の血が噴き上がる。

これで倒せたかは分からないが、少なくともしばらくは攻撃の手が緩むはずで、横に転げてその魔獣のことを避けたなら、我ながらなんとも器用な体捌《たいさば》きでもって、勢いのままに起き上がり膝立ちとなって周囲の確認をする。

もう一体は目を見開き、驚きながらもこちらに向かっている。

周囲には雪が舞っていてはっきりとは見えないが、どうやらユーラは健在のようだ。

四体の魔物相手でも問題なく戦えている様子で、こちらを片付け加勢したなら状況は一気に好転するはずだ。

そう考えて再装塡のために銃を中折状態にしようとする――――が、迫る魔獣がそれを許してくれない。

仲間がやられて危機感を持ったのか必死になっているのか、凄まじい形相でこちらに襲いかかってきて……俺は立ち上がり駆け出し、ユーラから離れすぎないよう気をつけながら、どうにか距離を取ろうとする。

『再装塡、手伝おうか？』

そんな俺に、いつのまにか肩にしがみついていたシェフィが声をかけてくる。

「……この程度の相手に甘えてられないだろ！」

俺がそう返すとシェフィは『あははっ』と嬉しそうに笑い、それ以上は何も言ってこない。

……魔王のようなデタラメな相手ならまだしも、こんな雑魚で頼っていたら話にならないだろう。

これからこの銃と一緒に多くの魔獣や魔王のような化け物と戦っていく訳だしなぁ。

とは言え再装填出来ないままだと、それはそれで話にならないよなぁ……と、そんなことを駆けながら考えていると、あるアイデアが思い浮かび、直後それを実行する。

「おらぁぁぁぁ！」

それは蹴りだった、こちらへと駆けてきているクズリ魔獣の……頭は怖いので少し右に避けての肩辺りへの蹴り。

俺だって身体能力が上がっているのだから、それなりの威力となってくれるはずと考えて放ったそれは、クズリ魔獣の体勢を崩して転げさせ……直後その場から跳び退いた俺は、すぐさま銃を中折状態にし、再装填作業を開始する。

失敗しないよう丁寧に丁寧に……レベルアップのおかげか、一度もミスをすることなくすんなりと再装填が完了する。

そうして銃を構えるとまたも魔獣が突っ込んできて、跳び退いてそれを避け……避けられることを読んでいたのかすぐさま魔獣が地面を蹴っての追撃を仕掛けてきて、それも同じように避けていく。

いやはやレベルアップのおかげでこんなに戦いやすいとは……身体能力が上がり器用さが上がり、恐らく冷静にもなれていて、凄く戦いやすい。

こんなにも上手く動けるのならいっそ再装塡や発射後の隙を補うための武器、大きめのナイフなんかを用意しても良いかもしれないと考えて、そう言えば銃剣なんてものもあったなと思い至る。

戦闘中に考えることではないかもしれないが、銃口の先に銃剣があればこういった突っ込んでくる敵相手にはかなり有効そうで……猟銃に銃剣とかあまり聞かない話だけども、ちょっと加工したなら出来ることではあるだろう。

それからは銃剣があるつもりで、あったらどう動くか、どう迎撃するかなんてことを考えながら動き回り、クズリ魔獣をちょっとした実験体にしてしまう。

このタイミングで突けば、このタイミングで刺せば……毛皮が硬くてもカウンター気味にしたらいけるんじゃないか、目や鼻を狙う手もあるんじゃないか。

あれこれ考えながらクズリ魔獣の必死な猛撃を避けていき……その間に再装塡作業も済ませてしまう。

「結構余裕があるもんだな」

『うふふ、ヴィトーも成長してきたんだよ、レベルアップとは関係ない所もさ』

「そうだったら嬉しいな」

シェフィとそんな会話をしてから銃口をクズリ魔獣へと向けて……口が開かれたタイミングで引き金を引く。

先程のように血を噴き出し倒れるクズリ魔獣、再装填を済ませてから生きているのかを確認し……死んでいるようなのでもう一体の方も念のための確認をする。

こちらも死んでいる……ならばと俺は激しい戦闘音が聞こえている方へと、ユーラの方へと視線を向けて加勢をすべくそちらへと駆け出す。

戦闘音のする方へと駆けていくと、クズリ魔獣の死体が二つあり、どうやら四体のうち二体を既に仕留めているらしい。

どちらも背中から腹へと貫通する大きな穴が開いていて……さっきと同じ、高所から落下し勢いのままに突き刺した……のだろうか？

そんな死体のうち一体には折れた槍が突き刺さっていて……ここで武器を失ったらしいユーラのことが心配になるが、直後視界に飛び込んできた光景がその心配を吹き飛ばしてくれる。

「おう、そっちは片付いたか」

と、そんなことを言いながらユーラが……右手と左手でもって一体ずつの魔獣の首根っこを摑んだ状態で前方からやってくる。

その魔獣は絶命しているようだが……槍の傷というか、ユーラの攻撃を受けたような形跡が見当たらない。

「槍は折れちまうし、殴っても効かねぇしで困っちまったんだが、魔獣同士をぶつけると良い感じにダメージが入るみたいなんだよな。

そういう訳で後半は魔獣を武器にしての魔獣退治だったぜ！」

なんてことを言ってユーラは魔獣を持ち上げて見せてきて……いやいや、一体全体どういう戦い方をしているんだか……。

そんなことをしなくてもユーラならなんとでも出来ただろうに……レベルアップの影響は筋力と体力だけ、なんだろうか？

なんてことを考えてから俺は、とにもかくにも無事に終わったんだから良いかと思考を切り替えて、ユーラに声をかける。

「これで一応、ジュド爺の要求した数はこなせたけど……どうする？　もっと狩れないか探して回る？」

「んー……いや、どうだろうな。

この魔獣は体が小さくて運搬しやすいが、それでも六体もいると手間がかかるしなぁ……持ち帰って浄化して肉にして……数が多すぎると夜中までの作業になっちまう。

ジュド爺もそんな何体も狩ってくるとは思ってねぇだろうし……それにサープだって何体か狩ってくるだろうしな。

もう十分だと思って帰った方が――」

と、ユーラの言葉の途中で、遠方……北の方から魔獣の声と思われる轟音が響いてくる。

大きく濁ったその声は、以前相対した魔王の声に似ていて……俺とユーラは直感的にそれがクズリ魔獣の王というか群れの長というか、そんな存在の声なのだろうと感づく。

「――槍もねぇし、日も落ち始めた、さっさと逃げ帰った方が良いだろうな」

「うん、そうしよう……魔獣の死体はロープで縛って引きずっていこうか」

そう言葉を続けたユーラに同意し、帰還の準備を始め……魔獣の死体を雑にロープで縛ったなら、ジュド爺が待っているラーボへと戻っていく。

その途中同じく魔獣をロープで縛り上げたサープも合流し、三体の魔獣を引きずっていて……俺は二体、ユーラは四体、サープは三体という結果となり、ユーラがふふんと得意げな顔をする。

それに対しサープは何かを言いたげにする……が、結果が全てということなのだろうか、何も言わずに足を進め、ジュド爺の元へと到着すると……十体くらいだろうか、そのくらいのアナグマの死体の処理をしているジュド爺の姿が視界に入り込む。

「おう、帰ったか。数は……十分狩れたみたいだな、それだけの数ならとりあえず合格ってことにしておいてやろう。

……ん？　このアナグマか？　最近アナグマが増えすぎてるってのは聞いていたからな、巣穴を探してみたんだよ。

そうしたらこれだけの数がとれたって訳だ……ま、味は悪くないからな、良い土産になるだろう」

そしてジュド爺は俺達の姿を見るなりそんなことを言ってきて……俺達はなんとも言えない敗北感を味わうことになる。

当然ただの獣であるアナグマよりも魔獣の方が厄介な獲物だ、素早く力強く狡賢《ずるがしこ》く……狩猟難易度は比べ物にならないだろう。

だけどもアナグマの巣穴を見つけるのだって簡単なことではないし、こんな短時間で十体も狩れるだなんてのが驚きだし、ジュド爺の年齢も考えればそれは尚《なお》のことで……その上、アナグマは魔獣と比べ物にならない程美味《おい》しい肉を持つ獣だ。

肉が柔らかく脂が甘く、旨味がしっかりとあって臭みが少なくて……。

魔獣を狩ったことも当然喜ばれるだろうけど、アナグマも喜ばれるはずで……なんというか、うん、敗北感が凄い。

とは言え、いつまでもそうしていられないので、帰還の準備を進め……荷物を片付けしっかりと背負ったなら、荷運び用のソリに道具やら魔獣、アナグマを載せてしっかりとロープを縛って村へと運んでいく。

ソリに載せきれない魔獣はユーラが運ぶことになり……日が落ちきる少し前、村が見えてきて、俺達の帰還を待っていたらしいアーリヒとグラディスとグスタフの姿が見えてきて……アーリヒが俺を見るなり駆け出すが、グラディスがそんなアーリヒの服の端を食《は》んで制止する。

俺達は狩りを終えたばかり……穢《けが》れを身にまとっている、それに抱きつくのは良くないとの制止だったようで……アーリヒはそんなことする訳ないでしょ、とでも言いたげな表情をグラディスに向けてから、こちらに小さく手を振ってくる。

それに手を振り返すとユーラとサープが同時に俺の尻を蹴ってくるが痛くもなく、笑って受け入れて足を進める。

すると何人かの男衆が駆けてきて、獲物を受け取ってくれて、

「解体と浄化はこっちでやっておくから、サウナ行って来い、サウナ。ジュド爺にしごかれて疲れてるんだろ？」

なんてことを言ってくる。

正直そこまで疲れた訳ではないのだけど体は冷え切っていて、サウナに入れるのはありがたく

……軽く笑って礼を言って荷物を預けたなら、サウナ小屋へと足を向ける。

「おう、ワシも行くからな」

そんな俺達の後をついて来ながらジュド爺がそんな声を上げてきて……ユーラとサープは露骨に肩を落とし、がっかりしたという態度を取る。

老齢の人が入るサウナは、そこまで高温にしないルールになっている。

体感的には60度とか、そこらの範囲で……生ぬるいというか物足りないというか、そんなレベルとなる。

「安心しろ、ワシも生ぬるいサウナは好かん。

むしろお前達が普段入っているような、ぬるいサウナじゃぁ物足りんくらいだ」

更にジュド爺はそんなことを言ってきて……それを受けてユーラとサープは、

「よっし！　それなら大歓迎だ！　それならいっそ普段より熱くしたいくらいだな!!」

「はっはー、先生にしては良いこと言うッスねぇ！　やっぱりサウナはあっつくないと！」

なんて声を上げる。

いやいや、あれ以上のサウナなんてそうそうないでしょ、と今度はそんな顔をする。

いや……待てよ？　確かサウナをより熱く、より汗をかけるようにする手法があったような
……？

漫画で何度か出てきた……アレは確か……。

「アウフグースだっけ？」

と、そんなことを言った俺は、首を傾げたユーラとサープとジュド爺と、ついでに頭の上のシェフィに向けて、アウフグースが何であるかを説明するのだった。

第十章　アウフグースと精霊と

アウフグースがどんな行為なのか……簡単に説明した上で、あれこれと説明するよりもやった方が早いだろうということになり、俺達はそのままサウナに向かい……いつも通りに服を脱ぎ体を洗い、サウナ室に入った。

そして俺以外の皆に腰掛けに一列に座ってもらい……俺はタオルを持ってサウナストーブの側に立つ。

「アウフグースが何なのか知ってはいるけど、やったことはないから……下手でも文句は言わないでよ」

それからそう声を上げるとまずユーラが、

「おうよ！　駄目だったらオレ様が代わりにやってやるさ！　この筋肉でな！」

と、そんなことを言い、次にサープとジュド爺が、

「はっはー、硬くならずにサウナは楽しんでなんぼッスよ！」

「どんなもんか分かればこの二人がなんとかしてくれる、そんなことよりもほら、早くやらんか！」

なんてことを言ってくる。

どうやらアウフグースに興味津々というか、早くやって欲しくてたまらない様子で……ならばとストーブ側の水桶に手を伸ばし、柄杓《ひしゃく》を手に取り、桶の中の水をサウナストーン……サウナストーブの上に積まれた焼け石へと振りかけてのロウリュを行う。

するとジュゥゥゥゥゥっと音が鳴って蒸気が舞い上がり周囲の気温が一気に上がり、その熱気を……サウナストーンから噴き上がる蒸気を両手で持ったタオルでもって力いっぱい扇《あお》ぐ。

大きく上下にバッサバッサと、噴き上がる蒸気を逃さないように扇いで扇いで、腰掛けに並ぶユーラ達にぶつけて……ユーラ達の全身が熱気と蒸気で蒸し上がっていく。

「こ、これがアウフグースだよ、ロウリュして蒸気を出して、それをタオルとかで扇いで全身にぶつける。

これをやると一気に体を熱することが出来るから、体を思いっきり温めたい時とかに良いし、これをやった後のととのいは特別気持ちよいものになる……らしいよ。

アウフグースの専門家みたいな人もいて、その人だと熱気を逃さず上手く心地よくアウフグースをしてくれるらしいね。

なんだっけ……熱波師、だったかな、凄く上手い人にはたくさんのファンがいて、その人がいるからってそのサウナに足を運ぶ人もいて……中には大げさな、風神なんて呼ばれてる人もいるらしいよ。

実際に見たこともやったこともないから、聞きかじりの知識でしかないんだけど……」

アウフグースを続けながらそんな説明をすると、ユーラは満足そうに頷き、サープは静かに目を閉じ、シェフィはなんとも幸せそうに寝転がり……そしてジュド爺は少しだけ不満そうな顔をし、口を開く。

「悪くはない……悪くはないが、熱気が足りんな。

手法自体は間違ってないようだからなぁ……腕前の問題なんだろうな。

ヴィトーの言う専門家とやらでなければ満足なアウフグースは出来んということなんだろう」

腕を組んで堂々と座って、じぃっとサウナストーブを睨んで……サウナの熱さに慣れているのか鈍感なのか、ジュド爺はアウフグースで熱気をぶつけられても全然満足出来ていないらしい。

『ボクは全然良いと思うけどねー……超キモチイイしー……。

これ以上のアウフグースとなるとヴィトーの言う通り熱波師連れてくるかぁ、扇風機でも持ってくるしかないいんじゃなーい？

それかアレかなー……風の精霊の力を借りるとかー……』

ジュド爺に続いてシェフィがそんな声を上げ、風の精霊？　と、俺達が首を傾げていると、そんなサウナの中に火の塊が飛び込んでくる。

火の精霊ドラーのご登場、まだととのっていないのにレベルアップしに来てくれたのか？　と思いきや……どうやらそうではないようで、ドラーはその手でもって引っ張ってきた塊……緑色で半透明で、どこか湯気を思わせる長い毛に覆われた毛玉……半袖半ズボンみたいな服装をした新しい精霊？　を、自分の前にズイッと押し出してくる。

『おう！　またおもしれぇことしてるみたいだから、手伝いに来てやったぜ！　風が上手く起こせねぇってんならよ、風の精霊に起こさせれば良いって話だよ！　こいつならどんな風でも思うがままだからなぁ……！

ってことでヴィトー！　こいつにも名前をつけてやってくれや！』

ドラーがそう言って押し出してきた精霊は、勝ち気なドラーの真逆……タレ目でオドオドとした態度となっていて……どうやら無理矢理ここに連行されてしまったようだ。

そのことを申し訳なく思いながら風の精霊のことを見やっていると、オドオドモジモジしながらその精霊が声をかけてくる。

『あの、ここに来たのは嫌々とかじゃないから……ただいきなり知らない顔が大勢だから驚いただけで……。

魔獣と戦う君達が少しでも気持ちよくなってくれるなら、風を吹かせるくらい全然なんでもないよ……』

と、そんな弱々しくも高く響く声を聞いて俺は、なんとなく頭に浮かんだ単語を口にする。

「ウィニアとかどうでしょう？　なんとなく浮かんだ名前なんですが……」

『うん、良いと思う……あたしの名前はウィニア、よろしくね。

……じゃー、ウィニアがアウフグースしてあげるから、もう一回ロウリュしてみて……』

すると風の精霊ウィニアがそう言ってきて……俺は頷きもう一度柄杓でもって水を焼け石……サウナストーンにかける。

そうして蒸気が上がった瞬間、強風が吹いてサウナストーンから上がった熱気が一気にユーラ達の方へと叩きつけられる。

それはタオルとか扇風機とかのレベルの風の強さではなく台風レベル……リーフブロワーのスイッチを最強にしているような強さで……凄まじいまでの勢いで熱風を叩きつけられたユーラ達が大きな声を上げる。

「うぉぉぉぉぉぉ!?」

「あつあつあっついッス!?」

『あはははは、凄い熱さだねぇ！』

「む……ぐぐぐ……」

ユーラとサープは悲鳴を上げ、シェフィは笑い、ジュド爺はなんとか耐え……それでも熱気が厳しいのかユーラとサープは熱気から体をどうにか守ろうと、膝を抱えて丸くなっての防御体勢を取る。

そんな状況でもシェフィは寝たままで、ジュド爺は意地があるのか先程と変わらない堂々とした体勢で……そんな中でウィニアがとんでもないことを言い出す。

『あ、これじゃぁヴィトーが熱気味わえないね？　じゃぁほら、ヴィトーの方にも風を送るから、ロウリュしてみてよ』

悪気のない笑顔で……どこか楽しげにそう言うウィニア。

相手は皆が信仰する精霊様……その精霊様にここで逆らうというのは難しいことで、ユーラとサープがお前もこの熱気を味わえと言わんばかりの目を向けていることもあって俺は、仕方無しにロウリュを行い……そして強風が巻き起こり、噴き上がった熱気を俺の全身に叩きつけてくる。

叩きつけるだけでなく竜巻のように風が渦巻いて熱気を俺の周囲に留め続け……なんだかオーブンの中にぶちこまれたような気分になってくる。

それは普通のサウナとは比べ物にならない状況で、一歩間違えば火傷《やけど》するんじゃないかってくらいに熱くて……熱くて熱くて、その風が落ち着き、熱気が周囲から去った瞬間俺は、砂時計の確認もせずにサウナ室を飛び出し、湖へと向かう。

ユーラ達やジュド爺もそれに続いて湖に飛び込み……キンキンに冷えた冷水でじっくりと体を冷やしたなら瞑想《めいそう》小屋へと駆け込む。

体の表面に残った水滴をタオルで拭い、それから椅子に腰掛け……いつも以上に重く感じる体を椅子に預けて目を閉じて……瞬間、激しかった血流が落ち着き……落ち着きながらも力強く巡り、手足の指先までピリピリとした感覚が広がり、いつもとは全く違うレベルでのととのいが始まる。

これがアウフグースの効果なのか……全身が溶けたような感覚に支配され、それからしばらく俺達はなんとも言えないその感覚をじっくりと味わうのだった。


瞑想小屋でととのい後のなんとも言えない爽快さに浸っていると、そこにドラーがやってきて……火花を散らし俺達の体へと振りかける。

今回の狩りでもまたレベルアップ出来たようで……最初の状態を1とするならこれでレベル4になったという訳か。

これでまた身体能力が上がったのなら狩りが楽になるなぁと、そんなことを考えながらドラーへの礼を言って、体を起こし……着替えをしに脱衣所へと向かっていると、ジュド爺が力のこもった声を上げる。

「アウフグースとやらをしてもらうと、ここまで変わるもんなんだなぁ……。そうすると……洞窟サウナでもアウフグースをやって欲しくなっちまうな」

するとユーラとサープがビクリッと反応し顔色を悪くし……一体何をそんなに青ざめているのだと俺が首を傾げていると、サープが小声で説明をしてくれる。

「洞窟サウナってのは、その名の通り洞窟を使ったサウナなんスけど……ストーブがないからかやり方が乱暴なんスよ。

どう乱暴かというと……海の近くにある程よい狭さの洞窟の中に薪を詰め込んで、火を点けてそれから鉄の扉を閉めて……薪が燃えきった頃に扉をあけて、薪を掻き出し水を……水を洞窟の中にぶちまけたり、水を染み込ませた毛皮を洞窟の中に放り投げたりするんス。

その海水が蒸発してサウナの出来上がりって感じなんスけど……そんな乱暴なやり方なもんだから、温度がめちゃくちゃ高くて……体感で普通のサウナの二倍くらいは暑いんスよね」

「……え、いや、普通のサウナって90度とか100度くらいだったはずだから、二倍なんてことになったら中に入った瞬間焼け死ぬんじゃ……？」

俺がそう返すとサープは首をぐいっと傾げながら言葉を返してくる。

「度……？　その単位はよく分かんねぇッスけど、入った瞬間肌が火傷しちゃうくらいには熱いッスね。

だから入る時はローブとかで全身を保護した上で入る必要があって……中に入った後も、毛皮の上を歩くようにして壁とか床に体が触れないようにしないといけないッス。

仮に触れちゃったなら……もうどうにもなんねぇッス、見るも無惨ッスね」

「うわぁ……そんなサウナでアウフグースとか、ひっどいことになりそうだなぁ」

「そうッスねぇ……。

ヴィトーが知らないのはあんまりに危険なサウナだから使って良いのは大人だけで、大人の中でも屈強な連中にしか許されてないサウナだからッスね。

それだけの暑さの分、瞑想がたまらなく気持ちよいし体のコリとかすっきり治るし、体の冷えに困ってる人なんかも一発で解消するって話なんで……根強い人気があるんスよねぇ」

「なる……ほど。

普通のサウナとはまた違った目的で入るのがメインになりそうだねぇ……治療施設みたいなものなのかな？」

「そッスね、沼地の方でよく見るらしい肌の病気にも良いとかで、沼地の連中にうつされた場合とかにも使う感じッスね。

まぁ、そんなことになるのは交渉役の人達だけッスけど……いつか使うかもしれないんでヴィトーも覚えておくと良いッスよ」

なんてことを言いながら脱衣所に入って着替えを済ませて、村へと向かっていると……いつもの騒がしさとは少し違う騒がしい声が聞こえてくる。

かなりの数の魔獣とアナグマを前にしてテンション上がっているのかな？　なんてことを一瞬思ったけども、どうやら違うようで……何か揉め事が起きているらしい。

そのことに気付いたユーラとサープ、ジュド爺は表情を引き締め緊張で体を硬くし……そうしながら声の方へと足を向ける。

村から少し外れた何もない一帯……村から南に位置するそこには大きな犬ゾリがあり、大きな荷物を載せたソリに繋がれた分厚い毛皮の犬達の姿があり……そして茶色や黒の毛皮で全身を包んだ知らない顔の三人の男の姿もある。

それと向かい合っているのは三人の村人達で……その村人達はつい先程話題に上がった交渉役の男達だった。

若く厳《いか》つく、沼地の人々相手でも押し負けない強さを持った面々で……どうやら沼地の商人がやってきて何らかのトラブルを起こしてしまったようだ。

「考え直してくれないか！　そんなことをされたら商売が成り立たん！」

と、沼地の商人。

「必要がない商売をしろと言われて頷けるか！　今まで散々暴利で稼いできたんだ！　もう十分だろう！」

と、交渉役。

どうやら沼地の商人が何か必要のない品を押し付けているようで……あ、そっか、俺が砂糖とかを作ったから買う必要がなくなったのか。

しかしこんな所にまで来てくれた商人にそれは少し酷だよなぁと、そんなことを考えていると遠巻きに様子を見守っていたらしいアーリヒがこちらへとやってくる。

「……必要ないとは言え、ここまで持ってきた品を買わないとかは、少し可哀想なんじゃないかな？」

そんなアーリヒに小声でそう言うと、アーリヒは小首を傾げてから言葉を返してくる。

「いえ、用意された商品は全て買いましたよ、あのソリに載っているのはこちらが用意した毛皮や琥珀《こはく》です。

彼らが不満がっているのはその後に交渉役が、もうここには来なくて良いと伝えたからですね」

「ん？　そうなの？　俺はてっきり買うこと自体拒否したのだとばかり……。

確かに商売相手が減るのは痛手だろうけど……交渉役が言っている通り、今までの儲けで満足したら良いのになぁ」

「商売だけの話ではありませんからね……。

ここまで来てもらう対価として南の森の伐採を認めていましたがそれも無し、ヴァークの勇者達との仲介をしていましたがそれも無し。

この辺りの上質な木材と毛皮と琥珀が手に入らなくなる上に、勇者達との交渉も不可能となると痛手どころでは済まないのでしょうね」

いくら精霊の力で色々な品が手に入るとは言え、いきなり商業ルートを潰すというのは、いささか強引で無謀にも思えるが、沼地の人々は魔力を使う生活をしていて、元々相容《あいい》れない存在……世界のためにも決断する時が来たのだろう。

「なるほど……えぇっと、ヴァークっていうと……海の人達、だっけ？」

と、そう言って俺が首を傾げるとアーリヒがヴァークについての簡単な説明をしてくれる。

海での漁を生業《なりわい》とし、海に棲《す》まう魔獣を狩り、海の秩序を守る勇者達。

荒波に支配された過酷な海を往《い》く勇者達はとても屈強で恐れ知らずで……そしてとても頑固であるらしい。

頑固がゆえに彼らは魔法に依存する沼地の人々のことを敵視していて……その敵視っぷりは見かけるなり全力で殺しに来る程なんだとか。

逆に魔法と距離を置くシャミ・ノーマ族にはとても友好的で……今まではシャミ・ノーマ族の顔

を立てて……シャミ・ノーマ族の生活に必要だからと沼地の人達への殺意を抑えてくれていたらしい。

シャミ・ノーマ族の仲介で沼地の人々と商売をすることもあり、海の向こう……知られざる大陸の品を持ってきてくれることもあったとかで……そんなヴァークとの仲介がなくなるというのは、沼地の人々にとってはかなりの脅威なのだろう。

「前の夏にやってきた勇者達は今年は豊漁だったから子供をたくさん作ったと、そんなことを言っていました。

つまりこれからヴァークの勇者達の人口が増えるはずで……増えた人口を養うため、乱暴な手に出てくるかもしれませんね……」

と、そう言って暗い顔をするアーリヒ。

気持ち的にも立場的にもヴァークに友好的だけども、だからと言って沼地の人々の被害を歓迎する訳ではないと、そんな所なのだろう。

その気持ちはよく分かるけども、だからと言って沼地の人々に譲歩するのも何か違う気がするし……ヴァークとの交渉は沼地の人々が自分達でなんとかすべき問題だろうしなぁ……。

便利な魔力に頼るが、その弊害は一切受け入れられないってのもなんだかなぁと思ってしまう。

……まぁ、ここで俺達が出ていっても変にこじれるだけだろうし、あとのことは交渉役に任せるべきかな……と、そう判断した俺達は、その場を離れて食堂コタへと足を向けるのだった。

食堂コタに向かうと、アナグマ肉や商人から買った品々のおかげか、いつもよりも豪華な内容で量も多い料理が並んでいた。

串焼き、煮鍋、そしてアナグマ肉の刺し身もあって……まぁ、うん、俺は遠慮しておくとしよう。

そんな食堂コタの中央には焚き火があり……焚き火の真上、コタの天辺《てっぺん》には排煙のための穴があり、その辺りの骨組みからロープがぶら下がっていて、そのロープの先にはアナグマの肉塊が……塩やらハーブやらが擦り付けられた物が吊るされている。

それが焚き火の煙を受けているのを見るに、燻製《くんせい》をしているよう……だけども、こんな少ない煙で燻製になるのかな？　なんて疑問が浮かんでくる。

……が、まぁ、うん、刺し身で食べるくらいだから多少荒さがあっても問題ないのかもしれないなぁ。

「ヴィトーは鍋と串焼きだな、俺とサープはまず生肉から食いてぇな、族長とジュド爺も生肉からだよな？」

そんな食堂の席につくと、ユーラがそう注文を済ませて料理が運ばれてきて……そしてアーリヒとジュド爺、ユーラとサープは何の躊躇もなくアナグマの刺し身を手で摑み、ゆっくりと頰張る。

そして堪能するかのように口を動かし……うぅん、やっぱり肉の刺し身への抵抗感は残っているなぁ。

これはもうしょうがないことだ、俺が俺である証拠みたいなものだと思って受け入れるとしよう。

と、いう訳で木の板のような食器に載せられた串焼きに手を伸ばし……塩とハーブで味付けされているらしいそれを口に運ぶ。

「うっま」

思わずそんな声が上がる程、串焼きは美味しかった。

焚き火に焼かれて外はカリカリで中は柔らかく、脂が濃厚で甘くて旨味が強い。

塩とハーブの味付けも良い具合なのだけど、そもそもの肉の美味しさに完全に負けてしまっていて……うぅむ、美味しい肉だというのは知っていたけどもここまでとはなぁ。

生肉もきっと美味しいんだろうなぁ……なんてことを考えながら食事を進めていると、ようやく交渉が終わったのだろう、交渉役の村人と……沼地の人々が食堂へとやってくる。

すると一部の村人達がすっと移動して席を空けて……そこに交渉役と沼地の人々が腰を下ろす。

色々とあるとは言え客人は客人、ここまで来てもらった訳だし食事や寝床の提供くらいはする、ということなのだろう。

それからすぐに料理が用意され……沼地の人々も生肉は無理のようで煮鍋と串焼きに手を伸ばす。

そして口に運び……美味しかったのだろう、懸命に口を動かし食べ進める。

……まぁ、ここまでの長旅でろくなものを食べていなかったんだろうし、出来立ての料理というだけでも嬉しいものなのかもなぁ。

食事が進む中、沼地の人々は諦めきれないのか交渉役に色々な条件を……もっと物を出すとか、行商の頻度を上げるとか、伐採などの量を減らすからと交渉を試みるが交渉役はただ首を横に振るのみだ。

それでも話し続け……ついに我慢出来なくなったのか交渉役が口を開く。

「何を言われても無理なものは無理だ……取引は物によっては考える余地があるが、ヴァークとの仲介に関しては自分達でどうにかしろとしか言えん。

そもそもだ、お前達はヴァークのことを恐ろしい恐ろしいと言っているが、ヴァークが海の魔獣を片付けていなければ、漁は出来ず船は壊され、お前達だって困ったことになっているんだぞ？

それに感謝せずにただただ恐ろしいっつってもなぁ……」

すると沼地の人々……毛皮の帽子を目深に被《かぶ》っていた、商人であるらしい赤髪の中年男性が、帽子をすっと上にずらし無精髭まみれの顔を顕《あらわ》にしてから言葉を返す。

「そ、そうは言うがな……やつらだって船を沈めるわ村を襲うわ、魔獣と変わんねぇだろう？

海沿いの村を襲い尽くしたなら船で川を遡ってきてまで襲撃してくるし……奪うものが何もなくても襲ってくるしよぉ、その上交渉も出来ねぇとなったら魔獣より恐ろしいじゃねぇかよ……」

「襲われてるってのはどうせ、魔法とやらを使いまくってる村なんだろ？

そりゃぁお前ヴァークだって良い顔はしねぇだろうよ、俺等だっててんなもん見かけりゃ襲いまではしないが、ロクでもねぇって顔を顰《しか》めるぞ。

……精霊様が引き止めるのを無視して魔法に染まって、好き勝手やって……精霊様と共にあるヴァークからしたら襲うのは当然のことじゃねぇか」

「……自分達にだって生活があるし、何もかも手放してなんて生きていけねぇよ。

精霊から距離を取ったから自業自得だって言うかもしれねぇが、そんな昔のこと今の人間に言われてもなってのもあるし……そもそも精霊なんてのも本当にいるのか？　あんたらがいると言ってるだけで……」

そんな会話の中で、沼地の商人がなんとも迂闊《うかつ》なことを口にする。

瞬間食堂の中が殺意に溢れて視線が集まり……焚き火で暖かいはずのコタの中が一気に冷え込む。

なんであんなこと言っちゃうかなぁと呆れながらその様子を見やっていると、アーリヒとジュド爺とユーラとサープが、俺の前でぷかぷかと宙に浮かびながら食事をするシェフィへと視線を向ける。

アーリヒは目の前にいますよね？　とでも言いたげな顔で首を傾げ、ジュド爺はやれやれと呆れ顔で食事を再開し、ユーラとサープは見えてねぇのか？　なんてことを言い合いながらシェフィのことを指差し……そんな俺達の気配を受けてかシェフィは腕を組んで何かを考え始め……すぐに何かを思いつき、そしてすぐに行動を起こし、シュンッと消えたかと思ったら商人達の目の前に現れて、

『バァ！』

と、両手を広げて声を上げ、直後商人達から悲鳴のような声が上がる。

「う、うわぁ!?　なんだありゃ!?」

「う、浮いてる!?」

「し、白い毛玉……と、鳥なのか!?」

なんてことを言いながら商人達は混乱状態となり……交渉役の村人は大きなため息を吐き出してから声をかける。

「そこにいらっしゃるのが精霊様だよ。

精霊様を目の前にして精霊様がいないだのなんだの……大丈夫か？　お前ら。

とにかく……そんな様子なら尚のことお前らとの商売は出来ねぇよ、今回で終わり、もう来なくて良い。

お前達も寒い中わざわざこんな所まで来なくて済むんだ、ありがたいだろ？

ヴァークに関しては自分達でどうにかしろ、言葉が通じるだけ魔獣よりはマシだろうよ」

そんな言葉を受けて赤髪の商人は項垂《うなだ》れる。

他二人はまだまだ言いたいことがありそうな顔をしていたが……この冷え切った空気で口にする勇気はないようで押し黙る。

そして三人はゆっくり立ち上がり……チラチラとシェフィのことを見やりながら宿泊用のコタに向かうのか、何も言わずに食堂を後にするのだった。

それからの三人――沼地の商人達

「おい……どうすんだよ……ここらの木材も毛皮も琥珀だって他じゃ手に入らない一級品なんだぞ……」

一人がそう声を上げるが、赤髪の商人は項垂れたままだ。

「取引先もだが、領主様にも大目玉食らうぞ、ヴァークとの交渉をまとめているからこその今の立場だからな……。

そんな大事な相手だってのに、あの取り付く島のなさ……いくら辺境相手だとは言えぼったくりすぎたんじゃねぇか？」

もう一人が声を上げ……赤髪の商人は顔を上げため息を吐き出し、口を開く。

「今更そんなこと言われてもなぁ、手遅れだろうよ……取引先と領主様には素直に謝るさ。

それで駄目なら……夜逃げか、いっそヴァーク側について商売すっかなぁ」

そんな商人の言葉を受けて残りの二人……護衛役の二人は商人よりも大きく重い、ため息を吐き出し……用意された幕家へと足を向けるのだった。

その上空で揺れる火球――ドラー

『ハッ……お前らがそんなんだから現界したオラ達がシャミ・ノーマ族に力を貸し始めたんだろうが。

ただ魔力に依存してる生活を送ってるだけなのに、真っ当に生きてる連中を見下して……世界を危機に追いやって、何やってんだか。

もう限界だと世界中の精霊達が動き出した、精霊と世界の理《ことわり》がそれを許した。

シャミ・ノーマ族やヴァーク達だけじゃない、東も西も南も砂漠も密林も、一気に盛り返してくる訳だが……お前達はどうするんだろうな？』

そう言って火球……火の精霊ドラーは大きく揺れてから燃え盛り……それから一段と盛り上がって賑やかになっていく食堂へと、美味しい肉料理をごちそうになるために移動し始めるのだった。

第十一章　新たな戦い方

食事を終えて自宅に戻り……アーリヒや厩舎のグラディス達と軽く言葉を交わしてから歯を磨いて寝床に入り……翌日。

身支度を済ませ朝食を済ませて、グラディス達を餌場に連れていくと、少し遅れてアーリヒがやってくる。

結構な大きさの荷物を抱えたアーリヒは、満面の笑みを浮かべていて……どうやら何か良いことがあったらしい。

「ヴィトーの悩みを解決出来そうな品を持ってきましたよ」

やってくるなりアーリヒはそう言って両手で抱えた荷物……毛皮で包んだ何かを広げ始めて、俺は首を傾げながらもそれを覗き込む。

俺の悩み……というと、寝る前に愚痴のように話した戦い方についてだろうか？

猟銃だけでは仕留めきれず、銃剣を作ろうか悩んでいるけど、銃剣があったとして上手く扱えるか分からない……と、そんなことを話した訳だけども……。

「これは私の実家の倉庫にしまわれていたものでして、私の曽祖父が使っていた恵獣様用の鞍《くら》なんだそうです。

昔はこれを恵獣様の背に載せて跨《また》がり、大槍を構えての突撃をしていたそうで……これがあればヴィトーも色々な戦い方が出来るようになるのではないですか？」

毛皮を広げたアーリヒは、その中にあった鞍を持ちながらそう言ってきて、俺は思わず「おぉー」なんて声を上げながらそれを受け取る。

恵獣用の鞍……馬の鞍に近いそれは、良い木材と毛皮を使って作ったものらしく、古いはずなのにしっかりとした作りとなっていて手入れもしっかりされていて……どこかが破損しているとかカビているとかもなく、今すぐにでも使えそうな様子だ。

鞍の中央前には取っ手のような棒もあり……手綱がないようだから、これを持ってバランスを取る、みたいなことをしていたんだろうか？

よく見てみると毛皮の中には他にもいくつかの品があって……鐙《あぶみ》のようなものとか革製の前掛けのようなものとか、それと不思議な形の槍の穂先というか、棘《とげ》というか……なんらかの武器らしい代物までがあった。

「それは恵獣様の角の先につける武器らしいですね、それを付けた角で魔獣を突けば内臓まで貫いたんだそうです。

そちらの革製の前掛けは恵獣様の首にかけて体に縛り付ける、恵獣様の首や胸を守るための防具となりますね。

他にも恵獣様の毛皮に戦化粧《いくさげしょう》を施すための塗料もあったのですが、そちらは乾燥しきっていて使えないと判断したので、持ってきませんでした」

それらの品を見ているとアーリヒがそう説明してくれて……中々実戦的というか物騒な品々に思わず「なるほどなぁ」なんて言葉が漏れてくる。

恵獣は賢く気高く、勇気もある。

言葉が通じるからこそ戦場に出すための調教とかは必要ないだろうし、言葉で指示したら良いのだから手綱などでの指示を省くことも出来るだろう。

魔獣や魔王を恐れることなく突撃してくれるのだろうし……銃の音に対する怯えも気にしなくて良いのだろう。

理にかなっていると言うべきか、何と言うべきか……これらの装備を身につけたグラディスが狩りを手伝ってくれたなら、うんと楽になることは間違いないだろう。

実際、魔王との戦いでもグラディスが協力してくれていて……あの時に角につける武器や前掛け、鞍や鐙があったなら魔王にどれだけのダメージを与えてくれていたことか……次回からはグラディスと一緒に狩りに行っても良いかもしれないなぁ。
「ありがとう、アーリヒ。
グラディスが嫌じゃなかったら、これらを使って狩りをしてみるよ。
これと銃剣があれば……うん、手札が増えてくれそうだ。
……しかし、こんなものがアーリヒのひいおじいさんの時代からあるなんてなぁ、恵獣は昔から
シャミ・ノーマの暮らしを助けてくれていたんだねぇ」
と、そんなことを言いながらアーリヒが持ってきてくれた品の確認をしていると、アーリヒは嬉
しそうに微笑《ほほえ》んでくれて……そして食事をしていたグラディス達も口いっぱいの餌を咀嚼しながら
やってきて、興味深げに鞍やらを覗き込んでの確認をし始める。
興味津々……これらがどんな道具かをパッと見で理解したのか「ぐぅーぐぅー」と声を上げて、
食事が終わったなら早速つけてみろってな具合で……とても嬉しそうな顔をする。
「嫌がったりしないんだねぇ……。
賢くて勇気があって角や毛皮で役にも立って……恵獣って本当に凄いよなぁ」
その顔を……鼻筋の辺りを撫でてあげながら俺がそんなことを言っていると、空中に浮かんでコ
タから勝手に持ってきたらしい干し肉を食べていたシェフィがこちらへとやってきて……モグモグ
モグと激しく口を動かし、口の中の物を綺麗に飲み下してから声をかけてくる。

『そりゃそうだよ、恵獣も精霊の愛し子なんだから』

そんなシェフィの言葉を受けて俺は驚き硬直する、アーリヒも硬直する、周囲で世話をしていた村人達も硬直する。

「え？　そうなの？　精霊の愛し子なの？　恵獣達は？」

皆を代表して俺がそう返すとシェフィは、きょとんとしながら言葉を続けてくる。

『そうだよー、っていうか恵獣の賢さを何だと思っていたのさ！

恵獣が賢かったり勇気に溢れたりしているのは、ボク達精霊の加護のおかげ……ヴィトー達がサウナに入ってドラーの力でレベルアップしているのと同じなんだよ。

ヴィトーみたいにして生まれた愛し子とは違う感じで、昔の昔、大昔に恵獣のご先祖様が精霊のために戦い活躍し、そのご褒美に加護が与えられてレベルアップして……その子孫が今の恵獣達って訳さ。

そりゃぁもう凄い大活躍だったんだから！　……まぁ、ボクがその場にいた訳じゃなくて聞いた話なんだけどさ！』

その説明を受けてアーリヒや村人達は少しの間呆然《ぼうぜん》とし……それからアーリヒが、

「貴重なお話ありがとうございます！」

なんて声を上げ、そして村人達は村の皆に今の話を知らせるためか村の方へと駆けていく。

そして恵獣達は、首をくいっと上げたり、頭を下げて立派な角を見せびらかすようなポーズをしてから、ブフッと鼻を鳴らし……どこか自慢げな様子を見せてくる。

「えぇ、えぇ……とても立派だと思います、私達と一緒に歩んでくれて本当にありがとうございます」

そんな恵獣達にそう声をかけたアーリヒは改めてブラシを手に取り……俺もまたブラシを構えて、そうして二人で恵獣達全員をブラッシングしていく。

丁寧にしっかりと、同じ精霊の愛し子である親近感なんかも込めて。

そうやって餌場にいる恵獣全部をブラッシングしたなら、もう一度グラディスの世話を始めて……そうしながら声をかける。

「……とりあえず食事とブラッシングが終わったら、鞍を載せてどんな感じになるかの練習をしようか。

それから銃の発砲音に慣れてもらうために何度か銃も使って……それで問題ないようなら、一緒に狩りにいくとしよう」

するとグラディスは嬉しそうに「ぐぅー」と声を上げ……そして隣のグスタフから不満そうな「ぐぅー」という声が上がる。

「いや、グスタフはまだ小さいし、俺を背中に乗せるのも無理だろうし……狩りにいくのはもっと大きくなってからが良いと思うよ。小さな体で怪我をしちゃったら大変だし……それにあれかな、グラディスを安心させるためにもまずは結婚して子供を作ることを先に――」

と、そう言ってグスタフを説得しようとするがグスタフは、半目になって頬をいっぱいに膨らませて、

「ぶふぅー……」

と、大きなため息を吐き出しての抗議をしてくる。

「ぐーふぅ～ぐぅ～～ぐぅ――」

更にそんな声を上げ首を振り上げ、小さな体で力いっぱい不満の声を上げていて……そんなグスタフのことをとにかく撫でてやって、宥めていく。

大人になったら一緒に戦おうとか、村を守るのも大事な仕事だとか、そんな言葉を尽くして、撫でて撫で回していると、アーリヒもそれに参加してくれて……と、そこにユーラがのっしのっしと大股で歩いてくる。

「サープはどうしたの？　一人で来るなんて珍しいじゃないか」

「サープならジュド爺となんか話してたぞ、俺がこっちに来たのはアレだ……向こうにいても暇だったのと、皆に恵獣様の話を聞いたからなんだ」

俺がそう声をかけるとユーラは、何故だか照れた様子でそう言って、グラディス達の世話を手伝ってくれる。

世話用の道具が入った籠《かご》に手を伸ばし、道具一つ一つを手にとって吟味し……それから俺に使い方を聞いて実際に使ってみて。

そうやって丁寧に世話を始めたユーラは、さっき村に駆けていった皆から聞いた話についてを語り始める。

「恵獣様がどうやって生まれたか聞いてよ、なんか尊敬したっつーかなぁ、もっと敬意を払う必要があるんだって改めて思ったたって訳よ。

恵獣様の世話が上手くなりゃぁ恵獣様に来てもらえるかもしれねぇし、恵獣様がいれば結婚の機会だって増えるかもしれねぇ。

そうなったら良いこと尽《ず》くめで最高だろう？　だからよ、ヴィトーに世話の仕方を習おうかと思ってな」

それは……まず間違いなく良いことなのだろう。

ユーラのためにもなるし恵獣達のためにもなるし、手伝ってもらうことになる俺のためにもなる話だ。

なんとも意外な形で良い結果に繋がったなぁと驚きながらも頷き、ユーラに世話の仕方を……と言っても俺もまだまだ始めたばかりの初心者なのだけど、それでも精一杯教えて……どういう感情なのか、少し離れた所で腕を組んでこちらを見守っているアーリヒの視線を浴びながら、二人でブラッシングや角や蹄《ひづめ》の手入れをしていく。

それらが終わって一息ついたなら今度は道具の手入れをして……と、そこでユーラが手にした角磨きのための鉄ヤスリを武器のように振り回して声を上げてくる。

「そういやヴィトー、銃の先端に槍穂をつけるって話についてなんだがよ。

確かに槍みたいな形状だし悪くないんだけど、それよりも使い方をもうちょっと工夫してみたらどうだ？

ヴィトーは銃をこう、遠くからぶっぱなして攻撃しようとしてるが、そうじゃなくてよ……こう、なんつうか、あの爆発を上手く牽制に使えねぇかなって思うわけよ」

そう言ってユーラは身振り手振りで何を言わんとしているのかを説明してくれる。

「敵が近付いてきた時とか攻撃してきた時、それは一種の隙でもある訳だよ。

攻撃のために体勢も崩れやすくなってるから、そこにまず一発ドカンと撃ち込む訳だ。

相手の顔とか武器……魔獣なら爪とか角になるか、そこらを狙ってドカンだ。

すると相手の体勢が崩れるだろ、そこに足払いなり押し倒すなりしてだな、相手の口の中に銃を押し込んでもう一回ドカンってのはどうだ？

精霊様によると、魔獣が防御に使ってる魔力ってのは、受けた傷が大きいとか致命的なもの程、大きく減るもんらしいんだよ。

分厚い毛皮を攻撃した場合と、口の中を攻撃した場合じゃぁ天地の差ってくらい消費魔力が違うらしい。

遠くから毛皮を何度も何度も攻撃するのも手なんだろうが……口の中一発で済むならそれで良い訳だしなぁ。

魔力で防御しても傷が出来ねぇってだけで衝撃は食らってるようだし、それでよろけたりもするみてぇだし、そういう使い方も悪くねぇんじゃねぇかな」

鉄ヤスリを銃に見立てて、懸命にどうやったら良いかと見せてくるユーラ。

銃を狙撃に使うのではなく近接武器というか、牽制武器に使うというのはまさかの発想で俺は目を丸くしてしまう。

……可能か不可能かで言えば、可能……なのだろう。

そんな乱暴な使い方をすると銃が歪んだり壊れたりして暴発の危険性があるとか、自分にも爆風や衝撃でのダメージが及ぶ可能性があるとか、問題もあるのだろうけど……一つの手札としては悪くないのかもしれない。

精霊が作った銃ということで、普通の銃とは違う作りというか、頑丈さもあるみたいだし……俺の体はそもそも精霊の愛し子ということで普通の体より頑丈な上にレベルアップまでしていて、ちょっとやそっとでは傷つかない作りになっている。

ならば……と、俺もユーラの真似をして、銃での牽制をするつもりで手にしたヤスリと体を動かしていく。

すると俺達の頭上でふよふよ浮かんで昼寝をしていたらしいシェフィが目を覚まし、こちらに声をかけてくる。

『銃剣と騎乗戦闘と、銃での牽制かぁ……今出来る戦い方としては悪くないかもね。

そしてそうやって色々工夫しようとしてくれているヴィトーに、ボク達からのご褒美だよ。

精霊の皆と話し合って開拓に成功した場合でもポイントをあげることにしたよ。

村の北部の更に北……サウナ用の川と湖のある谷間の一帯、ここの魔獣を殲滅《せんめつ》して浄化して、鳴子なんかを仕掛けたら開拓完了と見なし5万ポイントをあげよう！

そのポイントがあれば新しい銃を手に入れたり銃を改良したりも出来るようになるし、もっと生活が豊かにもなるはずさ！

それと……今までの頑張りも認めてあげないとだからね、オマケで今1万ポイントあげるよ！

ボクって太っ腹でしょー！

頑張ったら頑張っただけボク達も頑張るから、張り切って開拓してこー！』

「ご、5万!?　また一気に増えるなぁ……しかもオマケ付きときたかぁ、それだけあったら色々な物を作れそうだねぇ」

　と、俺。

「それは素晴らしいですね……村の皆も喜びます、ありがとうございます、精霊様」

　と、アーリヒ。

「お、おお、そりゃぁすげぇな。

　5万ったらアレだろ……あのカンポーとかいう薬が山のように作れる訳だろ？　それを売っても良い金になんだろうし、塩や砂糖を売る側にもなれるかもしれねぇ。

　開拓しまくってもっと土地を広げたらもっとポイントがもらえるのか？　たまんねぇなぁ！」

　そしてユーラがそう返すとシェフィはにっこりと微笑んで言葉を返してくる。

『もちろんあげるけど、変に焦って開拓するのも危険だから一箇所一箇所、丁寧にやってくようにね。

　とりあえずは今指定した北を目指そうか！　あの辺りには結構な数の恵獣がいるみたいなんだけど、魔獣の動きが活発で追い詰められてるんだよね。

　だから恵獣も助けてあげて！　もちろん助け出したら更にポイントあげちゃうよ！』

　その言葉を受けてアーリヒが両手をポンと合わせて、嬉しそうに微笑む中、ユーラはぐっと拳を握って目をこれでもかと輝かせる。

土地も欲しい、ポイントも欲しい、恵獣も欲しい、お嫁さんも欲しい。

その全てが北の開拓の一手で手に入ると知ってたまらなくなってしまったらしい。

「よぉぉぉぉし！　疲れが癒えたらすぐに行くぞ！　北だ！　北の魔獣共を殲滅だ！」

そんな声を張り上げたユーラは全身から湯気を上げながらいきり立ち……その勢いのまま村の方へと駆けていってしまうのだった。


そうしてアーリヒと二人きりになった俺は。改めてというか、まだやりきれていなかったグラディスの世話をアーリヒと二人で進め……世話を終えたなら、アーリヒが用意してくれた装備を試すかと、グラディスの許可を取った上で、鞍などをグラディスに装着させていく。

グラディスの角は二種四本、後頭部辺りから上に伸びた鹿によく似た角二本と、頭頂部から前に伸びた水牛のような角二本となっていて……角に装備する武器は、そのうち水牛の方に装着する。

太く力強く、前に向いていることからも攻撃向きで……それが終わったら鞍を載せてしっかりと紐《ひも》を縛り固定していく。

鞍を載せたら鞍に鐙……鞍に登るための足場のような金具をつけていく。

鞍に登る際も必要なのだけど登った後も鞍の上でバランスを取るのに必要で……それが終わったら前掛けのような恵獣の鎧を首から下げる形で装着させる。

「……この装備で魔獣に突撃していたってんだから凄いよなぁ……」

しかも武器は騎乗槍とかじゃなくてただの木槍……そんなの一度の突撃で折れてしまうだろうに」

装着させながらそんなことを言っているとグラディスが、

「ぐぅ～ぐー」

と、声を上げる。

それはどこか誇らしげというか自慢げというか、この装備さえあれば大丈夫、槍なんかなくても自分に任せておけば何も問題ないと言っているかのようで……それに小さく笑いながら装着を終わらせ……各種装備に触れて、軽く揺らしてみて固定が甘くないかなどの確認を行っていく。

「グラディスに突撃してもらって、背中の俺は銃を撃つつもりだけど、銃が使えないような状況ではやっぱり槍も使うことになるんだろうなぁ。

シェフィに頼んで突撃槍も作ってもらった方が良いかな？

……いや、あれはかなり重いはずだし、取り扱いも難しいと聞くし……にわか仕込みで使おうとするのはやめておこうか」

『ちなみに作るとしたら、鋼鉄製で15000ポイントってところだよ』

いつの間にか俺の頭の上に移動していたシェフィが、俺の言葉にそう返してきて……うん、15000ポイントもかけるくらいなら、普通の槍を量産してシェフィに預けておいて、突撃の度に精霊空間から出してもらって使い捨てた方がマシだろうなぁ。

なんてことを考えながら確認を終えたなら、グラディスのことを撫でながら声を上げる。

「よし、装備は問題ないようだから、このまま乗ってみるよ。

上手く乗れたら軽く周囲を駆け回ってもらっての訓練をしようか」

「ヴィトー、怪我をしないよう気をつけてください」

するとアーリヒがいつものように微笑みながら……俺のことが心配なのか、少しだけ笑みを引きつらせながら声をかけてきて、それに力強く頷き返した俺は鐙に足をかけ鞍に手を伸ばし、グラディスの背によじ登ろうとする。

するとグラディスが前足を折りたたんでしゃがんでくれて……登頂はあっさりと成功、俺が鞍に座り、鞍の前方についている取っ手を握ったところでグラディスが立ち上がり……そうして餌場をゆっくりと歩き始める。

「視線が高くて揺れて……相変わらず尻は痛いけど鞍と鐙があるだけ少しはマシかな。

グラディス、だんだん速度を上げていって……他の恵獣の迷惑にならなそうな所を駆けてもらえるかな」

俺がそう声をかけるとグラディスは頷き、少しずつ少しずつ速度を上げていく。

そんなグラディスの後ろをグスタフが追いかけてきていて……、

「ぐー！　ぐ——！」

と、楽しげな声を上げている。

母親と駆けるのが楽しいというのと、立派な装備を身につけた母親の勇姿を喜んでいるのとで嬉しいやら楽しいやら、テンションが上がりまくっているグスタフは、声を上げながらグラディスを追い抜き、どんどん前へ前へと駆けていく。

駆けて駆けて、いつかは自分もそれらの装備を身につけて戦うことになると思っているのか、まだまだ小さく短い角をしっかり構えて……適当な木に狙いを定め、全力で駆けての突撃をぶちかます。

乾いて冷えて固くなった木の幹に見事に角が当たり、木琴を叩いたような音が響き渡る……が、角の鋭さが足りなかったのか勢いが足りなかったのか、角は弾《はじ》かれグスタフは尻もちをついてしまう。

「ぐー！」

それを見てグラディスは勇ましい声を上げ、これが見本だとばかりに速度を上げていき、グスタフが突撃した木へと突き出した角をぶちあてる。

すると角につけた武器……衝角《しょうかく》とでも呼ぼうか。とにかくその衝角が木の幹に突き刺さり、それでもグラディスの勢いが止まらずどんどんと衝角が押し込まれ、限界が来たのだろう、凄まじい音を立てながら木の幹が裂けていき……真っ二つとなって左右に折れ倒れる。

それを見て満足げに鼻息を吐き出したグラディスは、視線を尻もちをついたままのグスタフへと向け……そしてグスタフはその目に焼き付けた母親の勇姿を再現すべく、立ち上がって駆け出して再度木への突撃をぶちかます。

気合は十分なようで先程よりも勢いよくぶち当たる……が、衝角はなくグラディス程の体格も力もなく、木を刺し貫くなどまず不可能で、ただただ音が響くのみ。

だけどもその音は先程よりも高く大きく響くもので……子供にしては十分ということなのだろう、グラディスが満足げな鼻息を吐き出し、頑張った息子を労《ねぎら》うためか近寄って背中を舐めてやって……と、そこで異変に気付き困惑した表情となる。

「どうした？　グスタフが怪我でもしたか？」

取っ手を両手で握り、鐙をしっかりと踏み抱えてグラディスの背中から落ちないよう踏ん張っていた俺からは角度的にグスタフの様子が見えず、そんな問いを投げかけると、グラディスが困ったような視線をこちらに向けてくる。

怪我をしてしまったとか緊急性のあることではないようだが、それでも何かグラディス達を困らせる出来事が起きてしまったようで、俺は首を傾げてからグラディスの背から下りて、駆け寄ってきたアーリヒと共にグスタフの様子を確かめる。

「くふぅー……くぅー……」

弱々しくそんな声を上げているグスタフ、その角をよく見てみると、見事なまでに木の幹に突き刺さってしまっていて……どうやらそれが抜けなくなってしまっているらしい。

「……足場は踏み固められていない雪で踏ん張れないやら滑るやら、自力では抜けなくなっているのか……。

そう言えば前世で角を木に引っ掛けたせいで動けなくなった鹿が餓死したとかなんとか、そんなニュースを見たこともあったけか……。

……うん、グラディスもグスタフも人間が居ない所で木への突撃はしないようにね。

そのまま餓死も怖いけど、魔獣や他の獣に襲われるなんてのも怖いからさ……」

「本当に……気をつけてくださいね、グスタフ」

アーリヒといっしょにそんな声をかけながらグスタフの頭を撫でてやり、それからグスタフの角を両手で掴み……力いっぱい引き抜こうとする。

だけども角は深々と刺さってしまっているようで中々抜けず、そんな俺のベルトをグラディスが咥《くわ》えて引っ張って手伝おうとしてきて……頭の上に張り付いていたシェフィまでが俺の服を引っ張り始める。

そしてアーリヒまでが俺の胴体をがっしり両手で掴んで引っ張ってきて……なんとも言えない構図が出来上がる。

『おおきなかぶ』だったか、そんな絵本があったなぁ……なんてことを思い出しながらもう一度力を込めて角を引っ張り……グラディス達の助力のおかげか、木から角がすっぽ抜ける。

その結果俺達は反動で、盛大に背後方向にすっ転ぶことになり……そして先程のグスタフのように、全員で一斉に尻もちをつくことになってしまい……そして全員一斉に吹き出し、何がそこまでおかしいのか、しばらくの間、皆で笑い続けるのだった。

結局それから日が沈むまで騎乗の練習をすることになり……ついでにグスタフの角突きの練習もすることになり……翌日。

十分に体を休め、装備の手入れも終わったということで、再び俺達はジュド爺と共に狩りに出ることになった。

今日はジュド爺の授業と開拓、両方を兼ねた形となり……俺、ユーラ、サープ、グラディスとグ

ラディスに跨ったジュド爺というメンバーとなる。

グラディスはあくまで俺の騎乗用、騎乗戦闘の練習をするために同行してくれたのだけど、北部までの道中はジュド爺の足になってもらうことで、ジュド爺の負担を減らしてもらっている。

グラディスの息子であるグスタフは村でお留守番だ。

『ぐぅぅぅ――！　ぐぅ――！』

なんて声を上げて最後の最後まで一緒に行きたがっていたが、最終的にはアーリヒに抱きかかえられる形で押さえ込まれてしまい、渋々といった感じで諦めていた。

ちょっとだけ涙目にもなっていたが……うん、大きくなったらグスタフ用の装備を用意するので、それまでは待ってもらいたいところだ。

「こいつぁ楽でいいなぁ、昔は皆こうしていたらしいからなぁ……恵獣様の数も増やさなきゃならんな」

北へ北へと向かう途中、ジュド爺がそんな声を上げる。

これから開拓する地域は雪が深くなって木々が減り、地形が大きく波打つ歩くには大変な場所で……一昔前は恵獣に騎乗するのが当たり前の場所だったらしい。

だけども恵獣が減って、恵獣を死ぬかもしれない狩りに出す訳にはいかなくなり……いつしかシヤミ・ノーマ族は騎乗戦闘をしなくなったんだそうだ。

「とりあえずはユーラとサープの分を揃えたいけど……そう簡単には見つからないんだろうなぁ」

と、グラディスに寄り添いながら歩いていた俺がそう続けると、前を進むユーラとサープが振り返ってニカリとした良い笑顔を……やる気に満ちた笑顔を見せてきて、大股となって深い雪の中をズンズンと進んでいく。

恵獣がいれば移動が楽になる、狩りが楽になる、結婚も楽になるかもしれない。

仲の良い俺が手に入れたのを羨ましく思っている部分もあるのだろうし、何としてでも手に入れたいのだろうなぁ。

『恵獣は賢いし、耳が良いし、目が良いし……だから良い狩りをしていれば、寄ってきてくれるはずだよ。

一緒に戦う仲間を求めてーとか、家族を求めてーとか、子連れだったりすると守ってくれる人を求めてーとかもあるね。

グラディス達はそのために村に向かって来ていたのを襲われちゃったんだろうね』

今日は俺の頭の上ではなくグラディスの頭の上で寝転んでいるシェフィがそう言うと、俄然《がぜん》やる気を出したユーラ達が前へ前へと進んでいき……段々と木々が減り、雪が深くなった所でジュド爺が大きな声を上げる。

「そろそろ慎重に足を進めろ！　ここから先は雪庇《せっぴ》だなんだと天然の罠だらけなんだ！

足を一歩踏み出す前に槍で突いて確認しろ！

ユーラ達がそうする間、ヴィトーは周囲に視線を向けて警戒だ！」

それを受けてビクリと肩を震わせたユーラ達は、雪庇があるようには見えないけど……と首を傾げながらも、言われた通りに槍で突いて足を進めていく。

前々から狩りのノウハウを習っていたらしいサープも、この辺りのことについては詳しくないらしく、いつも以上に慎重というか怯えた態度だ。

まぁー……ここ最近はずっと村の周囲での狩りしかしていなかったしなぁと、そんなことを考えながら足を進めていると木々が完全になくなり、前方に大きな山が見えてきて……なんとも言えず遠近感が狂って目眩がしてくる。

雪に覆われた険しい山がやたらと大きい上に周囲に比較になるようなものが何もなく……妙に空気が澄んでいるのも遠近感が狂う要因になっているようだ。

山が目の前にあるようで、遠くにあるようで……目をこすりながらその光景を睨んでいると、ユーラ達がすっと足を止める。

グラディスも足を止め、俺も遅れて足を止めて……それからユーラ達が何故だか地面を見つめ始める。

「どうしたの？　地面なんか見て……雪庇でもあった？」

なんてことを言いながらユーラ達の隣へと足を進めると、ユーラとサープが同時に腕を出して俺を制止してきて……そしてすぐに二人が足を止めた理由が視界に入り込んでくる。

雪庇どころではなかった、あと数メートル先という所が崖となっていたのだ。

凄まじいまでの崖、自分達がまるで高山にいるような気分となるがそんなはずはなく……大きく地面がえぐれているようだ。

数歩進んでよく見てみると、右から左へ……大きな川か何かに地面をえぐられているようで、どのくらいの深さなのだろうかと覗き込んでみるが、なんともハッキリしない。

どこもかしこも雪に覆われて真っ白で、底がどの辺りにあるのかも分からなかったのだ。

そもそも深さを目算で測れるようなスキルもないし……うん、とにかく凄く深くて落ちたら絶対に死ぬ高さだということだけ覚えておくとしよう。

「昔はここに大河があったという者もいるし、火山から流れ出た溶岩が地面をえぐったという者もいる……精霊様や魔獣の仕業だなんていう者もいるが、そんな大河も溶岩も精霊様だって見たことはねぇな。

それでも春になると雪解け水がそこに溜まって、そこから藻や草が生えて、動物達が集まる良い狩り場になるんだ、ここは」

グラディスの上から覗き込んだジュド爺がそんなことを言ってきて……それから崖下での狩りの

思い出をあれこれと語り始める。

こんな崖を下りて狩りをしていたのかと俺達が驚いていると……何とも言えない嫌な気配がしてまず俺が振り返り、次にグラディスが振り返り、それを見てユーラ達も振り返って俺達が進んできた道を……雪を踏み固めて出来上がった道の方へと視線を向ける。

直後、そちらから、

『ギアァァァァァァァ！』

と、凄まじい声が聞こえてきて、ジュド爺が「駆け足！」と声を上げる。

恐らくあの声は魔獣、ここでグズグズしていると崖を背負って戦うことになる。

そうなると不利なのは確実で……そうならないようにとのジュド爺の指示を受けて俺達はすぐに駆け出す。

そんな俺達の前方からは尚も先程の声が聞こえてきていて、何かが駆ける足音も聞こえてきていて……圧力というか気配というか、圧迫感と言えば良いのか、そんな感覚も前方から迫ってくる。

これはすぐに戦いになるなと、俺はシェフィの方へと手を伸ばし……銃を受け取る。

まだ銃剣はつけていない、あれからもらった1万ポイントを使って作ってもらったので、それをつけておいても良かったのだが練習不足で使って壊しても良くないかなと思ったからだ。

グラディスにも乗らない、相手が分からず状況が良くなく、ジュド爺を危険に晒《さら》したくないからだ。

ユーラとサープは手にしていた槍を構えながら駆け進んでいて……ジュド爺もグラディスの上で槍を構えている。

そうやって全員で懸命にかけていると前方から気配の主が現れて……それを目にした瞬間、俺達は目を丸くすることになる。

「恵獣様の群れだ!?」

そう声を上げたのはユーラだった、前方からは五頭か六頭か、そのくらいの恵獣が駆けてきていて……俺達はその群れにどう対応したら良いのかと少しの間、困惑してしまう。

「おぉぉぉぉ！　この先は崖だぞ！　止まれ！」

「止まれないようなら左右に行ってくれッス！　この先はダメッスよ！」

こちらへ向かってくる恵獣の群れを見て、すぐさまユーラとサープがそう声を上げる。

それを受けてか一部の恵獣は左右に分かれて駆け抜けていくが……二頭の恵獣が止まり切れず曲がり切れずこちらへと向かってくる。

すかさずユーラ達が槍を手放し両手を突き出して構え……突っ込んでくる恵獣の角をしっかりと摑んだ上で踏ん張って耐える。

しかし足元には雪がたっぷりと積もっていて、中々踏ん張りが利かず、勢いのままに押されていって……崖まで後少しという所で俺がユーラが捕まえた恵獣に抱きついて、グラディスがサープの腰紐を咥えることで加勢し、どうにか二人が崖から落ちる前に勢いを殺す。

「あっぶねぇ!?　マジで冷や汗かいたぞ!?」

「は……はっははははっ、ギ、ギ、ギリギリッスね!?」

そんなことを言いながら恵獣を押して数歩後退《あとずさ》りさせた二人は、緊張の糸が切れたのか恵獣に寄りかかるような形でズルズルと倒れ込み……どうにか冷静さを取り戻した二頭の恵獣は、どこか申し訳なさそうに二人の顔に鼻を押し付ける。

『ギアァァァァァァ!』

直後、さっきも聞いた声が響いてくる……甲高く金属で金属を引っ掻いたかのような、生物感のない声。

そんな声の獣がいるとも思えず……これは魔獣の声かなと、比較的まともな状態の俺とジュド爺が、それぞれ武器を構えて声の主に備える。

「あの声、聞き覚えありますか？」

「いや、ねぇな……新しい魔獣かもしれん」

俺の問いに対しグラディスに騎乗したままのジュド爺がそう答えて……そしてジュド爺は周囲を警戒しながら、ゆっくりとグラディスから下りて、それと交代のような形で俺がグラディスに騎乗する。

騎乗したなら念のために銃を折って弾が装塡されているかを確認する。

それからグラディスの各種装備に問題ないかの確認をし……銃剣も一応着剣させておく。

銃を撃つつもりなら銃剣は外しておいた方が良いのだけど……未知の相手と戦うからには出来るだけの準備はしておきたい。

着剣した状態のまま発砲するとその際に出るガスで銃剣が傷んでしまうらしいんだけど……まぁ、うん、精霊の工房でメンテしてもらえるのだから、それも大した問題にはならないだろう。

銃剣をつけるための機構のない銃を、ものの数分で着剣可能に改造してみせるような工房の力を借りられるのは、本当にありがたい話だ。

なんてことを考えながら銃を元に戻し、いつでも撃てるように構えを取っていると、またも、

『ギァァァァ！』

との声、どうやら声の主はこちらに近付いてきているらしく、先程よりも近い場所から大きな声で聞こえてくる……ような気がする。

方角は恐らく前方、速度は遅いようだが確実にこちらに迫ってきていて……俺は皆の方をチラリと見てから、グラディスに前に出るように促す。

このままここで戦ってまた崖に押し込まれても厄介だし、二頭の恵獣がまだ落ち着きを取り戻し

ていない……ここは俺が前に出るべきだと前進し、ジュド爺とユーラ達にはここに残ってもらって、恵獣を守ってもらうことにする。

「皆は恵獣を守って！」

そう声を上げると、ユーラ達とジュド爺は力強く頷いてくれて……それを受けてかグラディスが速度を早め駆け足となる。

そうやって雪の中を駆け進みながら声の主を探していると……雪をかき分けながら進む岩のような何かを発見し、グラディスが足を止める。

丸く大きく……岩というよりはボールというか……よく見てみると鱗《うろこ》のようなものがその球体を覆っている。

それを見てアルマジロとかダンゴムシとか、そういった生物が丸まっているのかとも思ったけど……転がったりすることなく前へ前へと進んでいるのを見るに、全くの別物のようだ。

カタツムリのように大きな甲羅を背負った何かが前進しているのか？　本体は深い雪に埋もれて見えていないのか？

なんてことを考えながら銃床を肩に当ててしっかりと構え……ひとまず見えているその鱗の塊を撃ってみることにする。

まさかあれが普通の獣ということもあるまいし、鱗の塊を被った人ということもないだろう、ならばあれは魔獣に違いなく……そうであるなら先制攻撃をしてしまうべきだろう。

しっかりと狙いを定め、二連射。

二発とも命中し、それを確認しながら銃を折り再装塡を開始する。

魔獣に対する警戒はグラディスに任せて、全意識を再装塡に向けて……すっかり慣れてきたこともあってか、以前とは比べ物にならない速度で再装塡が完了する。

それからもう一度狙いを定め……硝煙が風に流されて鱗の塊の姿がはっきりと視界に入り込む。

鱗の塊に目に見える傷は存在しなかった、鱗は健在……着弾点に少しだけ凹んだような形跡はあるようだが、それだけだ。

鱗が砕けている訳でもなく、貫通している訳でもなく……凹み方からしてほぼ同じ場所に二連射が当たっているようなのだが、ダメージは全くなかったようだ。

『ギアアアアアア!!』

攻撃されたことに怒っているのか、雪の中からそんな声を上げたそれは、先程よりは速く、それでも遅いと言えるような速度でこちらへと向かって突き進んでくる。

雪をかき分け鱗の塊を揺らし……そんな鱗の塊にもう一度、二連射を決めるがやっぱりダメージがない。

「お、おいおいおいおいおい……どんだけ硬いんだよ、あの鱗!?　割れるなりヒビ入るなりしたらどうなんだ!?」

思わずそんな声が漏れる。鱗の大きさは手のひら程のようで、それに銃弾が何度も命中したんだ、割れるまでいかないまでもヒビくらい入ってもよさそうなものだが、そういった気配は一切ない。

更に撃って装填して、撃って装填して……もう一度撃ってみてもダメで、これは何か手を変えないとダメだと装填だけして銃口を下げる。

「銃以外の武器を用意する？　それとも撃ち方を変える？　狙いを変えて本体をとか……。……雪の中からどうやって本体を引っ張り出すかって話になるか。

とにかくグラディス、一旦皆の所に戻ってどうすべきか作戦会議といこう」

幸い敵の動きは遅い、皆の下に戻って話し合うくらいの時間はあるだろう。

最悪、痕跡を消しながら敵の追跡を振り払って、村まで戻って立て直すなんてことも出来る訳だし……と、そんなことを考えているうちにグラディスが踵《きびす》を返し、ユーラ達の下へと向かってくれる。

するとユーラとサープが恵獣の首に抱きついて、イヤイヤと首を左右に振ってる様子が視界に入り込み……仁王立ちになったジュド爺がそんな二人を叱りつけている。

「恵獣様を無理矢理説得しようとする馬鹿があるか!!

恵獣様のことは全て、恵獣様がお決めになる！　今すぐその汚い手を離さんか馬鹿者共が!!」

と、そう言ってジュド爺は手にした槍を構え……ついにはその槍で二人を突こうとしてしまう。

それを見て俺とグラディスは大慌てでジュド爺の前に割って入り、どうにかジュド爺を制止するのだった。


「で、なんだ？　どうした？　何か言いたそうにしていたよな？」

どうにかジュド爺を落ち着かせ、ユーラとサープの二人を恵獣から引き剥がし、困惑した様子の恵獣達を宥めていると、ジュド爺がそんな声をかけてくる。

「あー、えぇっと、向こうに初めて見る魔獣がいて……動きが遅くて、体高が低いようで大きな鱗の球体だけが雪の上に出ていて、他は雪に隠れていて……その鱗は銃を何度撃ち込んでも傷がつかず、その動きが止まったり変化したりすることもなかった……という感じです。

動きが遅いからここまで来るにしても村に行くにしても時間があると考えて、どう対処すべきか話し合いに来ました」

俺がそう返すとジュド爺は「ふぅむ」と声を上げてから顎を撫でて頭を悩ませ……そう時間をかけることなく結論を出したのか、言葉を返してくる。

「倒すだけならどうとでも出来る。

ここら辺りまで誘導した上で、崖から落としてしまえば良いんだからな。

他にも色々と手があるが……出来ることなら死体を出来るだけ傷つけないで手に入れたいところだな。

ヴィトーの銃に耐えられる鱗だ、防具に使えばかなりのものが出来上がるはず……そうなると落とし穴か毒か、急所をどうにか攻撃するかになる。

……吊るし縄でひっくり返してしまえば鱗に覆われていねぇ腹が顕になるかもしれん、手間を考えるとその辺りになりそうだ」

「あー……そっか、防具に使えるのか、どう倒すかばかりでそこまでは考えてなかったですね。あれだけの大きさならかなりの防具になりそうですねぇ……俺としてもグラディスの前掛けにあの鱗を貼り付けられたらありがたいですね」

と、俺がそう返すとジュド爺は厳しく顔を引き締めながらも満足げに頷き……それからぐったり項垂れるユーラとサープの背を叩いて活を入れ……背負鞄からロープを取り出し、これでどこか良さそうな場所に罠を作れと指示を出し始める。

それを受けてユーラ達は魔獣がいるのなら仕方ない、今は恵獣のことを忘れようと行動を開始し……それを受けてジュド爺は、俺達に向けて声を上げる。

「ヴィトー、頭がどこにあるのか……本当にあるのかも今は分からんが、どこにあるか分かったなら、口の中に弾丸を撃ち込んでやれ。

そのためのフォローをユーラとサープがやって……もちろん倒せるようならお前達で倒してしまっても構わんが、まずは正体を確かめることだ！」

それからジュド爺は他の罠を作るつもりなのか、鞄の中の道具を引っ張り出しての工作を始めて……そんな中、グラディスとシェフィが恵獣達との交流役を買って出てくれたようで、その様子を見るにどうやら、今の俺達の状況や目的などを説明してくれているようだ。

目的は魔獣を狩ること、恵獣がいたら保護すること、南の村にはシェフィを始めとした多くの精霊がいて、俺が精霊の愛し子で……と、そんなことまで。

するとグラディス達と会話をしていた恵獣の一頭が、なんとも興味深げに近付いてきて、その鼻を近付け鳴らし……押し付けてきた。どうやら俺という存在に興味津々らしい。

「……俺はまだまだ狩人としても恵獣の主《あるじ》としても未熟者ですけど、村に来てくれたなら精一杯世話をさせてもらいますよ。

もちろん、恵獣の世話に慣れた人も多いですし……態度が少しアレだったかもですけど、さっきのユーラやサープも恵獣との縁を得られたならと思っているはずです。

もしよかったらどうですか？」

その恵獣にそんな声をかけると……どういう訳か、その恵獣は物凄く不満げに顔を歪め、ブフンッと荒く鼻を鳴らす。

「ぐ〜ぐぅーぐー」

するとグラディスがそう声を上げる。

その声色には呆れの色が混ざっていて……ん？　何がどうなっているんだ？　と、首を傾げていると、作業を進めながらジュド爺が説明をしてくれる。

「その恵獣様はオスだ。

そしてグラディス様に気があって……ヴィトーに取り入れば気が引けるとでも考えたのだろう。だというのにヴィトーが他の主にせよ、なんてことを言うものだから不満そうにし、その態度にグラディス様が呆れたという訳だ。

……グラディス様の今の装備は、実用的かつ伝統的な狩り道具……人間で言うところの武器防具だ。

それを身につけ凛《りん》と立つグラディス様は恵獣様にとって凛々《りり》しく美しい女狩人といった所で、オス達は興味津々なのだろう。

……と、いうかだヴィトー、お前は前世という経験と族長という相手を持つ身なんだ、そのくらいのこと分からんでどうする？　族長との関係は順調なのか？」

やぶ蛇……というか何というか、まさかの方向から指摘を受けることになった俺は、なんと返したものかと口ごもる。

前世といっても色恋経験が豊富だった訳でもないしなぁ……こちらの女性の価値観も理解しきれていない部分があるし、そんなことを言われても……というのが正直なところだ。

俺は俺なりに上手くやっているつもりだし、頑張っているつもりだったが……改めて考えてみるとどうなんだろうなぁ、もう少しプレゼントとかなんとか、気を使った方が良いのだろうか？

なんてことをあれこれ考えてしまっているとグラディスがその鼻をグイグイと押し付けてくる。

その表情を見やるととても柔らかで温かなものとなっていて……、

「ぐーぐぅーぐぐー」

とのその声は『心配する必要はないよ、何かあれば私の方で注意や助言するから』と、そんなことを言っているようで、なんとも言えない安心感があるその表情と声を受けて、俺はどうにか泡立っていた心を鎮める。

そうして改めてグラディスのことを見てみると、優しく凛々しく、それでいて愛らしく美しくもあり……そんなグラディスが特別な装備をしているというのは、確かに目を奪われる光景なのかもしれない。

ジュド爺は女狩人とたとえていたけども、戦う女王やお姫様といった表現の方が近いのかもしれないなぁ。

それならばモテるのも道理……か。

そう言えばグスタフの父親は今どうしているのだろう？　野生の母子だから死んだものと勝手に考えていたが……もしかしたら生きてどこかにいるという可能性もあるのかもしれない。

と、そんなことを考えていると罠の設置が終わったらしくユーラとサープが戻ってきて……ジュド爺も準備が終わったようで手にした道具をしっかりと持ち上げ、それをこちらに見せてくる。

それは石やらを縛り付けて重りとした大きな縄網で……それで魔獣を捕らえるつもりらしいジュド爺に対し俺達は、魔獣相手にそんな上手くいくもんかな？　と、三人同時に首を傾げるのだった。

第十二章　鱗魔獣との戦い

ユーラ達が吊るし縄……俗に言うくくり罠でロープを足に引っ掛け、それを引っ張ってひっくり返すための罠を仕掛け、ジュド爺が投網と投げ縄などを用意し……どうにか鱗魔獣と戦うための準備が整った。

最悪、それらが上手くいかなかったとしても崖に落とす手があるし……今回は多くの助っ人もいるので、なんとかはなるだろう。

その助っ人とは恵獣達のことだ。

魔獣に驚かされてパニックになって逃げ回っていた恵獣達、俺達に出会わなければそのまま崖に落ちていた可能性もあった訳で……その恩を返したいと考えているようで、更にあの鱗魔獣のことを許せないとも思っているらしい。

という訳で投網や投げ縄が成功したなら恵獣達がその縄を咥えるなり、角に引っ掛けるなりして引っ張っての手伝いをしてくれることになった。

「ぐーぐぅ〜」

魔獣の下へと向かう道中、グラディスがそう声を上げると恵獣達が力強い声で応える。

「グー！　グー！」

「グッグー!!」

「グゥ――――！」

オスだからなのか、その声はグラディスの声とはまた違った、重く響くものとなっている。

「グラディス様が恵獣様を率いてくださるのはとてもありがたい……が、恵獣様を守るのもまたシャミ・ノーマ族の務め、防具のない恵獣様がお怪我をしないよう、十分な配慮をするように。特にユーラ！　サープ！　恵獣様に認められたいってんなら、気合い入れて活躍してみせろ！」

そんな中、ジュド爺がそう声を上げて活を入れて……ユーラとサープはやる気十分、槍やロープを手に肩を怒らせズンズンと歩いていく。

俺と魔獣が出会った方角へと進み、更にグラディス達に鼻での索敵をしてもらい……そうして先程とほぼ変わらない場所へと到着すると、牛歩……というかそれ以下のスピードで前進していたらしい鱗の塊が視界に入り込む。

「なんとまぁ……まさに鱗の塊、あの見た目では魔獣かどうか以前に生物であるかも怪しいが、確かに動いているし気配は魔獣そのものだな……」

と、ジュド爺。

「お、おお……確かに鱗だな、あの鱗がそんなに硬ぇのか」

「あれで装備を……ッスか。そんなに硬いなら加工が大変そうッスけど、貼り付けるだけでも効果はありそうッスね」

ユーラとサープがそう続き……そして縄を構え始め、まずは投げ縄での捕獲が試みられる。

ユーラ、サープ、ジュド爺の三人が順番に投げ……ジュド爺が成功。

鱗の球体の根本にしっかりとロープの輪がかかり、ジュド爺がロープを引いた瞬間締め上がる。

ユーラとサープは再度投げ……三度四度と投げ、ようやく輪がかかり締め上げられ……まずは人力でということで三人がかけたロープを引いてどうにか魔獣をひっくり返そうとする。

『ギアアアアアアアア!!』

すると魔獣がそんな声を上げて悶《もだ》え始め、ユーラ達と体を引っ張り合っての抵抗を見せる。

そんな様子を受けて俺はグラディスの背に乗ったまま投網を持って構える。

『ひっくり返したら手足に網を引っ掛けて動きを阻害、攻撃はそれからだねー』

すると俺の頭の上に張り付いていたシェフィがそう言って作戦の再確認をしてくれて……俺はこくりと頷いてその時を待つ。

「ぐ……む……重いな……！」

「な、なんだこりゃぁまるで地面に張り付いてるみたいだぞ!?」

「地面っても雪の上のはずッス！　雪に張り付くなんてそんな真似出来るはずないから、ただ重いだけのはず……。

って、鱗に擦れてロープがほつれてきてるッスよ!?」

ジュド爺、ユーラ、サープの順にそんな声が上がり、視線をやってみるとその言葉の通り、鱗の塊に巻き付いたロープが硬い鱗と擦れて少しずつほつれ始めている。

そうなることを予想していなかった訳ではないが、まさかこんなにも早くほつれるとは……と、俺が驚く中、ジュド爺は人力での攻防を諦め、短期決戦だと恵獣達にロープを預ける。

何頭かはロープを咥え、何頭かは角に絡ませ、四本の足でしっかりと地面を踏みしめて踏ん張り……そうして恵獣達が一気に力を込めると、

『ギアァァァァァァァ!!』

との声と共に魔獣が持ち上がり始め……それを見て俺はグラディスに近付くように指示をだし、投網を構える。

そうしてゆっくりと魔獣の体が持ち上がっていって……体が傾いたことで雪の中に埋もれていた魔獣の足が……って、うん!?

「足が多い!?」

俺は視界に入り込んだ光景を、思わずそんな悲鳴にする。

足が多い、あの鱗の球体の下には、トカゲのような体があって四足歩行をしていると勝手に思い込んでいたのだが……四本どころかその倍、いや、三倍はあろうかという数の足が蠢いていて、その足は獣と言うよりもカニとかエビを思わせるものとなっていた。

あの数の足で踏ん張ったことでユーラ達の力に勝っていたのか……あの足の先は変に尖《とが》っているし、あれを地面に突き刺して耐えていた、とかも有り得そうだなぁ。

鱗の球体から無数の足が生えているあの姿、どこかで見たことあるような……いや、今は足が多いとか、こいつの正体が何者かなんてことはどうでも良い、まずは投網でもって拘束しなければ……！

そう考えを切り替えて投網を投げ……網は問題なく魔獣の体を覆い、足が多い上によく動いていることから、足があっさりと網に絡んで魔獣の動きを阻害する。

上手くいったことが確認出来たなら駆け寄ってきたユーラとサープに投網に繋がるロープを預けて、それからシェフィに預けていた銃を受け取り、弾丸の装填をしていく。

装填をしながらグラディスには距離を取ってもらい……装填が終わったならしっかりと構えて狙いをつけて……魔獣のどこを狙うべきかと改めて観察をする。

鱗の球体はひっくり返ったまま、その球体に穴があいていて、そこから無数の足だけが球体の外に飛び出している。

その様子は、どこかで見たことあるもので……ああ、うん、分かった、ヤドカリだ、ヤドカリに似ているんだ、あの魔獣。

ただ鱗の球体には生命感があるというか、球体それ自体もロープから抜け出そうと蠢いていて、貝殻とは全く印象が違ったものとなっている。

あの球体も間違いなく魔獣の一部であり、そこからあんな風に足が生えている……というのは、思い当たる生物がいないというか、聞いたこともない特徴だ。

とりあえず銃で狙うならあの穴だなと狙いを定める……あんな露骨な弱点、狙わない訳がないだろうと狙いを定め、そして一発、すぐに二発の銃弾を叩き込む。

一発目が穴の中にぶち当たり、それを受けてか魔獣は足を穴へと引っ込め……引っ込めた足でもって壁のようなものを作り出し穴を塞ごうとする……が、そんな足の壁を二発目の銃弾があっさりと砕く。

周囲に足の殻と肉片が飛び散り、魔獣の足がガタガタと激しく蠢き……そうして球体の中からにゅうっと、驚く程の長さとなって伸びてきた足は、その尖った先を地面へと深く突き刺し、何をするつもりなのかぐぐっと力を込め始め、体に絡みつく網ごと立ち上がろうとし始める。

長く伸ばした足でふんばり、鱗の塊を大きく振り上げ……雪をサラサラと巻き上げながらゆっくりと立ち上がっていく鱗魔獣を見やりながら、それが出来るのなら何故最初からしなかったのかと、そんな考えが頭の中に浮かんでくる。

今考えるべきはそれではないだろうと、そんなことも同時に思うが、何故あえて雪の中をあんな風に歩いていたのだと思わずにはいられない。

ああすることで何かデメリットがあるのか、それとも擬態だとか相手を騙そうとしているのか……あるいはただの生態なのか。

っていうか全く攻撃が効いた様子がないし、本当にあれは生物なのか？　いや、魔獣なのは分かっているけども……と、そんなことを俺があれこれと考えていると、恵獣達が強くロープを引いて魔獣を引き倒そうとし始め……それでも立ち上がって見せた魔獣はいくつもある足を広げてどっしりと立って……そして背負う鱗の塊を動かし始め……何枚もの鱗を開くというか、ゆっくりと立ち上げ始める。

松ぼっくりが開くように、鱗の傘が開いて蠢き……その姿を見て俺の頭の中である光景が思い浮かび、思わず声を張り上げる。

「逃げて！　木の陰とかに!!」

素早く動いたのはジュド爺だった、次の仕掛けを打とうと手にしていたロープやらを投げ捨て木の陰に向かう。

次に恵獣達がロープを離して逃げ出し……そしてユーラとサープが遅れて動き出し、皆を守る立ち位置へと移動していたグラディスとそれに乗った俺が最後に逃げるという形になった。

立ち上がった魔獣が鱗を開いた姿を見て、俺の頭の中に思い浮かんだのは砲台だった。

高い位置から鱗を撒き散らし、周囲を殺傷するというそんな砲台。

それは何の根拠もないただの妄想でしかなかった訳だが、その妄想が見事に的中し、周囲に向けて鱗が発射され、凄まじい勢いでばらまかれる。

ジュド爺もユーラとサープも恵獣達も、避難が早かったこともあり、それらの直撃を避けることが出来た……がグラディスだけは避難が間に合わず、発射された鱗のうち二枚程が命中コースに入る。

そのことに気付いた瞬間……何が起こったのか時間がゆっくりと流れ始める。

集中力が増しているのか何なのか、あれこれ考えながら鱗を撃ち落とすべく銃を構え……だけども発射が間に合わず、グラディスに直撃するとなった所で、グラディスが足を折り曲げてしゃがみ、一枚の鱗を前掛け……こういう時のための防具でもって受け止める。

鱗は防具に突き刺さり……俺の位置からどうなったかは見えないが、グラディスが特に反応を示していない所を見るに、貫通などはしていないのだろう。

そしてもう一枚の鱗は、俺が咄嗟《とっさ》に振るった銃剣が弾いてくれる。

無我夢中で、何も考えずに振るったのが良い結果となり……まさか銃剣がこんな形で役に立つとはなぁ。

そしてグラディスは痛みに怯む様子もなく悲鳴も上げず、すぐに立ち上がって次なる攻撃に備え始め……そんな中俺は、構えた銃の銃口を魔獣へと向けて、程々に狙いを定めたならそれ以上の時間は惜しいとすぐさま引き金を引く。

鱗の塊から出ている足を狙っても良かったのだろう。

大きく広がっているとは言え数が多く、先程銃弾で砕けた所から見ても狙い目に思える。

だけども多少吹き飛ばしたくらいでは大したダメージにならないようだし、足よりも塊の方を狙うべきだろう。

何しろ鱗が開いて発射された結果、明らかな隙間が出来ている、鱗の下に隠れていた……地肌？のようなものが露出してしまっている。

ならばより大きくダメージが期待出来そうな塊の方を狙うべきだろう。

そう考えた結果の二連射は一発が開いた鱗に阻まれるが、もう一発が見事に地肌に命中し、それを貫く。

噴き出す血しぶき、よろける塊、広がった足もガクガクと震え始め……それを見やりながら再装塡を開始する。

「ヴィトーだけに活躍はさせねぇ！」

「やられっぱなしは趣味じゃねぇッス！」

そんな中、ユーラとサープの声が響いてきて……いやいや、まだ鱗は残っているぞ、次の発射があるかもしれないぞと、そんな声を上げようとしていると、木の陰に隠れたユーラとサープが手にしていた槍を投げ……魔獣の地肌に突き刺さる。

が、それでも魔獣は立ち上がろうとしていて、そこにユーラとサープが駆けていき、刺さった槍を掴み、引き抜き、二度三度と鱗の隙間に突き立てる。

それは正確かつ強烈な攻撃で、攻撃の度に血が噴き上がり……流石に限界だったのだろう、魔獣がよろめきゆっくりと倒れ……しばらくの間、足をばたつかせた後に動かなくなる。

「倒した……かな？　しかしまた、とんでもない化け物が出てきたもんだなぁ……」

再装塡を終わらせ、銃を構え直しながら俺がそんな声を上げると、グラディスがすんすんと鼻を鳴らし「ぐ～」と声を上げる。

そうして安堵の表情を浮かべたグラディスを見て、トドメを刺せたとの確信を得た俺がため息を吐き出しながら構えた銃を下ろしていると、ジュド爺やユーラ、それと逃げた恵獣達がやってきて……魔獣の体を検《あらた》め始める。

「一体全体どんな生き物だってんだ、こいつは？

こういった鱗を持っている獣もいねぇことはねぇが、それとはまた違った風体で……この足の多さも何だってんだ。

貝って訳でもなく、カニやエビの仲間……なのか？

だとしてもこんなおぞましい姿、冗談じゃねぇぞ……これも瘴気の仕業なのか？」

なんてことを言いながらジュド爺は、俺が銃弾を撃ち込んだ穴……多数の足が生えているそこに腕を突っ込んで、魔獣の本体をそこから引き抜こうとする。

だけども上手くいかず、中々抜けず……「ぐぬぅぅ」なんて声を上げ始め、それを見たユーラとサープも手伝い始める。

「いや、本当に抜けねぇな、これ!?」

「魔獣を仕留めたら浄化して食うのが通例だったッスけど、こいつの場合どこ食うんスか？　この鱗ッスか？　足ッスか？

この塊の中に美味い肉が詰まってると良いんスけど、ね……!!」

なんてことを言いながら二人も足の束を掴んで引っ張り……そしてブチブチィっと嫌な音がして、足のうちの何本かが千切れてしまう。

「……こりゃぁ駄目だ、村に戻ってバラしてみるしかねぇなぁ……。

ユーラ、サープ、そこらの地面や木に刺さった鱗を集めろ、鱗も貴重な素材だ、んでヴィトー、お前は運搬準備を始めろ。

そして……恵獣様方、こいつのようなおかしな魔獣が他にもいる可能性が否定しきれません。

支障なければ一緒に我らの村まで来て頂きたいのですが、いかがでしょうか？

このヴィトーと精霊様も多数いらっしゃるので不快な思いはさせねぇと思います。

もちろん、飢えないで済む餌場も確保してあります」

千切れた足を持ち上げ、その切り口というか千切れ口を一通り観察し……それから恵獣へと視線を向けたジュド爺のそんな言葉に、集まってきた恵獣達は静かに頷き、ジュド爺に従うと態度で伝えてくる。

すると、

「ぐう!?　言いたかったことを先に……!?」

「そ、そういうのは若者に譲るべきじゃないッスか!?　じ、自分だって恵獣様との縁が欲しいッスよ!?」

と、ユーラとサープの二人がそんな声を上げ始めて、間髪を容れずに立ち上がったジュド爺による拳が二人の脳天に炸裂《さくれつ》するのだった。

第十三章　アロマサウナとポイント

新種の魔獣を持ち帰り、多くの……七頭の恵獣を連れ帰ったことで村で一騒ぎが起きることになった。

魔獣に驚き、恵獣を歓迎し……そして歌と踊りでもって、村の未来を……これからの日々を祝福し始める。

一体なんだってまたこのタイミングで？　と、魔獣の死体の処理をしながら首を傾げていると、グスタフを連れたアーリヒがやってきて説明をしてくれる。

「あの日から、ヴィトーと精霊様のおかげで生活が変わって状況が好転していって……これまでもそのことは分かっていたのですが、今回の件でまた改めてと言いますか、これからもっともっと状況が好転していって、生活が良くなっていくことを確信出来て喜びが抑えきれない……ということらしいです。

新種の魔獣が出ても死者や怪我人が出ることなく狩ることが出来て、その上多くの恵獣様が村に来てくれて……これでまたポイントも手に入ったのでしょう？

ポイントをどう使うかはヴィトーに任せていますが……ヴィトーなら悪い使い方はしないのでしょうし……今までの苦労が報われたようで、皆喜ばずにはいられないのですよ」

そう言ってくれたアーリヒの笑顔はいつになく柔らかいもので……歌い踊る皆の顔も似た笑顔となっている。

手を繋ぎ合って一列になって踊っていたり、円になって踊っていたり……どこまでも楽しげだ。

そんな中、餌場から村へと戻ってきた恵獣達と、連れ帰った恵獣達との交流が始まり……問題なく受け入れられたのか、穏やかな空気での毛繕いが始まり、それがまた村の皆を喜ばせる。

「ジュド、ヴィトー、その他二人！　サウナの準備が出来たから入ってくると良い。

魔獣の始末やらは踊ってる連中に任せておけ」

そんな光景を見ていると、後ろから声をかけられ……振り返るとサウナの管理人の姿があり、俺達は素直にそれに従うことにし……アーリヒにグラディスを預けてからサウナへと足を向ける。

小屋に入り服を脱ぎ、体を綺麗に洗い……と、そこでジュド爺から声がかかる。

「ヴィトー、今回も何か変わったサウナの入り方はねぇのか？　なんだかんだと今日の狩りは上手くいった方だからな……締めのサウナをじっくりと楽しみてぇんだ」

「んー……そう、ですねぇ。

そうは言ってもこの村のサウナ自体が高レベルっていうか、かなりの高品質ですからねぇ……。

良い木材を使った小屋としっかり高温のストーブ、そしてこれでもかと冷えた綺麗な水の水風呂……。

ここに何か付け加えるとしたら……香りを足すとかですかね？」

俺がそう返すとジュド爺は、ガシガシと強く体を洗いながら言葉を返してくる。

「枝葉を入れたロウリュ水で既に香りがついているはずだが……他に何か追加したりすんのか？

……ああ、そう言えばお前と族長が入った時に何だったか……爽やかな香りを追加したとは聞いたな」

「はい、レモンっていう果物の成分が入った水を使いました。

水じゃなくてもオイルを使っても良いらしいですし、香りにも色々種類があるらしいです。

花やハーブ、樹木の香りもあって……ものによっては使い方に気をつける必要があるんですけど、シェフィが作ってくれたものなら、どんなものでも安全だから気をつける必要はないらしいです」

俺のそんな言葉を受けて、今度はジュド爺ではなくユーラが言葉を返してくる。

「うん？　ただの香りに危険なんてことがあるのか？」

「俺もそこまでは詳しくないけど……さっき言ったような果物、柑橘《かんきつ》類って言われるものの成分を体につけたまま太陽の光に当たると日焼けしやすくなるとかで、下手をするとそれがシミになったりするらしいんだ。

他にも香辛料系のものだと必要以上に体温が上がり過ぎちゃうとか……妊娠中だったり皮膚が傷ついていたりとか病気をしていたりすると、安全なやつでも過剰に反応が出ちゃうらしいね」

そう説明するとユーラは石鹸《せっけん》の泡を洗い流しながら「なるほどなぁ」と呟き……サープは「女の子と楽しむ時気をつけよう」なんてことを言い……そしてジュド爺は顎を撫でながらその目を光らせ……口を開く。

「ふぅむ、なるほどな……村に定着させるなら、その辺りの注意喚起はしっかりやっとかんとだな。まぁ細かい話は後でしようや、とにかく精霊様のお力で安全だっていうのなら、何の遠慮もなく楽しむとしようや。

老いてくると夜の冷えがきつくてなぁ……良い香りがするだけでなく体温が上がるもんならありがてぇ」

「分かりました……えぇっと香辛料って言っても色々ありますけど、何が良いですか？

……シェフィ、何かオススメとかある？」

と、俺がそう言うと、シェフィ用ということで用意された大きめの食器の中で泡まみれの入浴タイムを楽しんでいたシェフィが、泡を持ち上げ頭の上に載せるというよく分からないことをしながら言葉を返してくる。

『んー……そうだなぁ。

オススメはショウガとかかなー、皆は初めての香りだろうし、ヴィトーにとっては久しぶりの香りだし、楽しめるんじゃないかな？

血行も良くなって、ジュド爺の体にも良いはずだよ。

……ショウガのオイルなら、そうだなー……20ポイントかな』

20ポイント……思ったより高いな。

っていうか皆がショウガを知らない……？　そう言えばヴィトーの記憶でも食べたことがないような……？

……あ、そうか、ショウガは温かい所で育つんだったか。

だから冷蔵庫に入れず常温保存の方が良いとか、そんな話を聞いたような……そうなるとこの極寒地域では育てることはもちろん、保存することも難しいだろう。

ポイントが少し高めに感じるのはその辺りのことを……ここらでは手に入らない希少品ということを加味してのことなのかもしれないな。

「分かった、ショウガのフレーバーオイルを頼むよ。

……っていうか今ポイントってどのくらいになっているんだ？　魔獣を倒して恵獣の群れを助けて……結構たまっているはずだよな？」

俺がそう返すとシェフィは、泡を鏡餅のように重ねながら言葉を返してくる。

『そうだね、今はえぇっと……ショウガのオイルを作ったとして、端数切り捨てで2万3000ポイントだね。

あ、多いって驚いた？　まぁ、うん、今回の狩りはそれだけの価値があったってことだよ。

ポイントは貯めすぎても良くないからサウナ中にどう使うか、何に使うか考えておいてね？

せっかく漢方の本作ったんだから、色んな漢方どんどん作っちゃうとか……ここら辺では手に入らない香辛料たくさん作るとかー……ボクとしては子供が喜ぶ何かも欲しいかな。

子供が元気だと、こっちまで嬉しくなっちゃうからね、ヴィトー……頑張って考えて良いものを作り出してね』

と、そう言ってからシェフィはいつものようにポイントと呼ばれる謎物質をどこかから取り出して手に持ち、泡の上に浮かび上がった白いモヤの中からハンマーを取り出し、ハンマーでそれを叩くことでショウガのアロマオイル……が入ったガラス瓶を作り出す。

ふとこのガラス瓶だけでも結構貴重品で、20ポイント以上の価値がありそう……なんてことを思うが、あえて何も言わずにガラス瓶を受け取り、綺麗に泡を洗い流した上でサウナへと足を進める。

そうして早速とばかりにサウナストーンにオイルを入れたロウリュ用の水をかけると、ショウガのたまらない香りがサウナ中に広がって……俺にとっては久しぶりの、皆にとっては初めてとなるその香りを、胸いっぱいに吸い込み存分に堪能した俺達は、座席に腰を下ろしジンジャーフレーバーサウナをたっぷりと時間をかけて楽しむのだった。

ジンジャーフレーバーのアロマサウナを存分に楽しみ……ショウガの香りに包まれた、いつも以上に血行が良くなってのポカポカな体で村に戻ると……村の入り口近くに設置された大きな焚き火で、魔獣の解体や浄化、調理などが行われている様子が視界に入り込む。

解体は男衆が中心となって鱗を一枚一枚丁寧に剝がしてから、鱗が張り付いていた……殻？　のようなものを切り開いていっているようで、その中からあの無数の足が引っ張り出されている。

浄化はドラーとウィニアの精霊コンビが中心となって行っているようで、解体された魔獣の上で精霊コンビが飛び回り……その下では祈禱師達が祈りを捧げている。

魔獣の浄化は最近まで祈禱師《きとうし》の祈りによってされていると思われていた訳だけども……ああやって精霊コンビが飛び回り、鱗粉《りんぷん》？　というか光る粉のようなものをふりかけている様子を見ると、精霊の力による部分が大きいようにも思える。

では祈禱師の祈りが無意味かと言うと、シェフィ達からそういった話を聞いたことはないし、精霊達が祈禱師に対してとても好意的なのを見ると、それにはなんらかの意味と効果があるのだろう。

そして調理は女性達が行っていて……本体は未だ解体中なので、主に足を焼いたり煮たりしているようだ。

見た感じはカニ足なので美味しそうではあるが……果たして美味しいものなのだろうか……？

まぁ、毒なんかがあればシェフィ達が警告してくれるはずだし……不味かったとしても食べられる食材ではあるのだろう。

そんな作業現場を眺めながら足を進めて食堂コタへと足を向けて、中に入ると……食事が完成するのを待っていたらしい何人かの村人達がいて、そのうちの一人……結構大きな家の家長が声をかけてくる。

「ヴィトー……よくやってくれた。

あんな訳の分からない魔獣を初見で狩った上にあんなにも多くの恵獣を連れ帰ってくれるとは……立派になったものだ。

ジュド爺もユーラとサープも良くやってくれた、あとで褒美として族長が用意してくれた酒壺をコタに持っていかせるから、今夜は楽しんでくれ」

家長のその言葉を受けてジュド爺は頬を緩め、ユーラとサープも、

「うお、酒か！　たまんねぇな！」

「うはは、こりゃぁーまいったッスねぇ～」

なんてことを言いながらだらしない笑みを作り上げる。

そうして三人は入り口近くに腰を下ろし……俺もその辺りに腰を下ろす。

するとすぐに白湯《さゆ》が運ばれてきて、それを飲みながら食事を待っていると……先程の家長がこちらに問いを投げかけてくる。

「ところでヴィトー、ポイントとやらはまた結構貯まったんだろう？

……そろそろどうだ？　何かこう……便利なものを作ってはくれんか？

村の生活がもっともっと良くなると思うとどうにも期待しちまってなぁ、そわそわと心が落ち着かねぇんだ」

村での生活がもっと良くなる様子を見たいからポイントを使って欲しい。

正直過ぎるというかなんというか、なんとも真っ直ぐな言葉に目を丸くした俺は、少し考えてから言葉を返す。

「いくつか考えていたものはあります。

まず薬として……どうしても体が弱い子供のために小建中湯《しょうけんちゅうとう》という漢方薬を。

咳止めとして桔梗湯《ききょうとう》、体内のバランスが崩れている女性のために桂枝茯苓丸《けいしぶくりょうがん》。

それと……そもそもとして薬を飲まなくて済むように、病気を防ぐものをいくつか作ろうと考えています。

薬用石鹸という……病の元を殺す石鹸とか、消毒液と呼ばれるもの……酒精の濃いお酒とかですね。

飲むには向きませんが、服や道具、コタなんかについた病の元を洗い殺せるので量を用意しておきたいですね。

他にもマスクとか手袋とか……ついでに水仕事のためのゴムという素材で出来た手袋とかも良いかなと考えています。

それと……あの鱗魔獣対策に防刃チョッキという防具もお願いしようかと考えています。

刃を通さない特別な繊維で作られた防具ですね……それなら恐らくあの鱗も防げると思うんですよ、特別な繊維を使うのでかなり高価になってしまいそうではありますが……」

「お、おぉ……結構色々考えてくれてたんだな。

病を防いで水仕事をしやすくして、そして特別な防具……か。

良いな、かなり良い、水仕事がしやすくなれば食器や服も綺麗に洗えるようになるだろうしなぁ……。

あとは……なんだ、こう、飯が美味くなるようなもんはねぇか？　塩とか砂糖とか村の皆が喜んでくれたからなぁ、ああいう分かりやすいのも大事だと思うんだが」

「んん……食事に関係するものですか……。

「……ああ、それなら香辛料にしましょう、ちょうどサウナアロマに使ったばっかりのショウガという香辛料があるんですよ。

他にも色々……血行が良くなったり、健康効果が期待出来たりする香辛料を揃えておきます。昔に薬として使われていた香辛料とかもあって……美味しい料理が出来る上に健康になれるなら村の皆も喜んでくれるはずです。

色々な香辛料を合わせて作る料理なんてのもあって……たくさんの香辛料からシャミ・ノーマ族らしい料理を模索するのも良いかもしれませんよ」

との俺の言葉に家長は笑みを浮かべて「そいつは確かに良いなぁ」なんてことを言う。

それに続く形でユーラとサープが、

「ああ、確かにショウガは良いよな！　肉に合いそうな良い匂いだ！　くせぇ魔獣の肉なんかに合うんじゃねぇかな？」

「あ〜〜、ショウガは本当に香りが良いッスからねぇ……あんまり嗅いだことない感じで、新しいっていうか、おしゃれっていうか……女の子にも人気出そうで、モテそうな気配がしまくるッスよ。

他にも色んな香辛料が手に入るってなら、自分としても大賛成ッスねぇ〜」

ショウガの香りがおしゃれという発想はなかったけども……今まで嗅いだことのない人が、真新しく感じるというのはあるのかもしれないな。

そんな中ジュド爺は何も言わないが、ショウガの香りを良いとは思っているのか、コクコク頷いて笑みを見せてきて……周囲の人からの反対意見が上がったりすることはなく、皆賛成してくれているのだろう……明るい表情をこちらに向けてきている。

そうやってコタ全体が明るい空気に包まれる中、俺は視線を上げて……コタの天井近くをフラフラと漂っていたシェフィに声をかける。

「じゃぁ、そういうことでまた工房に頼みたいんだけど……シェフィ、今言った品をある程度の量作るとしたら、どのくらいのポイントになるかな？」

『んー……香辛料と漢方薬に関してはそこまでじゃないかな、安く作れると思う。

消毒液とか薬用石鹸も……まぁそれなりで良いんだけど～マスクと手袋はどうかなぁ。

特にゴム手袋は高くなっちゃうよね～～、それと防刃チョッキ！　これはかなりお高いよ！

三人分も揃えたら今あるポイントがほとんどなくなっちゃうんじゃないかな～』

するとまさかの言葉が返ってきて……俺は頭を悩ませることになる。

まさか防刃チョッキがそこまで高いとは……いや、確かに化学繊維をこれでもかと使っているんだろうし、作りだってあれこれと工夫されているんだろうし、当然なのだけども……。

そうなると俺とユーラとサープの分を揃えるというのは無理か……。

正直防刃チョッキだけでは防げる範囲が狭いので、全身用の防刃アーマーなんかも良いんじゃないか？　なんてことまで考えていたのだけど……この分ではそれも無理そうだ。

……なんとか良い方法を考えないとだなぁと、そんなことを考えながらうんうん唸《うな》った俺は……とりあえずそれ以外の品、漢方薬や香辛料、それとマスクなどを作ってくれとシェフィに依頼をし……それを受けてシェフィは、

『じゃ、ご飯が来る前にさっさと作っちゃうよ！　ご飯食べたあとはゆっくり休みたいからね！』

と、そう言ってポイントを取り出し、工房での作業を開始させるのだった。


シェフィがまず漢方薬を……薬包紙に包まれたものを作ってくれて、周囲の人が用意してくれた木箱にそれをしまっていると、今度は香辛料作りが始まる。

生のままとかではなく、乾燥させてあったり熱が通してあったりと、保存性を高める処理がしてあり……同じく用意してもらった壺に直接投入されていき、何種類もの香辛料の香りがコタの中に漂い始める。

「こりゃぁ面白い香りだなぁ……薬草の香りに近いものがあったかと思えば、初めて嗅ぐ香りもあ

る……。

「これが飯を美味くしたり体の状態を良くしたりしてくれんのか」

するとと家長の一人がそう声を上げ……それを受けてか女性達がわっと集まってきて、木匙《きさじ》を用意し、香辛料をすくい上げ……女性達の手のひらの中に少しずつ落としての味見が始まる。

香りを楽しみ味を楽しみ……あんな料理に使えるんじゃないか、こんな料理に使えるんじゃないかと相談が始まり、年嵩《としかさ》の女性が早速動き始め、食器の中に入れての調理というか調合というか……香辛料を組み合わせての調味料作りが始まる。

そうこうしていると、村の入り口で調理されていた魔獣の足が運ばれてきて、それぞれの家長の前の食器の上にどかんと置かれ、家長達が手を伸ばしての毒見が始まる。

シャミ・ノーマ族のルールで初めて口にする魔獣の毒見は家長の仕事とされている。

一番体力があり、勇気もある家長が味見をし……それぞれの一族全体を守るために体を張る。

今は精霊……シェフィ達がいるから安全性の担保が神秘的な力によってなされているが、それがない時には家長達の勇気ある毒見が必要とされていたようだ。

殻ごと掴み上げ、両手でしっかりと掴んで捻るようにして殻を割り、割れた殻に食いつき垂れた肉汁を吸い上げたり、割れた殻ごと食べたり、殻だけを口で剝ぎ取って吐き出してまた食いついたりと、それぞれの方法でそれを食べ始め……しつこいくらいによく咀嚼した後に飲み込み、しばらく様子を見る。

毒見の際、よく咀嚼することは大事だとされている。

魔獣に居るものなのかは分からないが、そうやることで寄生虫を噛み殺したり、唾液を混ぜ込んで唾液酵素の力を発揮させたりしているようで……経験則からそこまでたどり着いているのは素直に凄いなぁと思う。

「殻は……火を通したおかげか脆《もろ》くなってるな。

見た目から海の生き物みたいな味がすっかと思ったが……普通に肉だな？　これ。

味の根っこは肉なんだが食感は……なんだ、これは何と言ったら良いんだ？　エビなんかに近いのか？　俺ぁあんまりエビを食ったことがねぇからなぁ」

飲み込んで少ししてから家長の一人がそう声を上げ、他の家長も「確かに肉だ」「初めて食う味の肉だ」「よく焼いた蛇に似てるかもなぁ」と続く。

精霊の保証があるというのに杓子定規《しゃくしじょうぎ》過ぎるかもしれないが、それでもルール通りに更に時間を置いて……そうしてこれなら安全だろうとの判断が下され、他の面々の食器に分けられたり、さらなる調理……味付けなどのために女性達に手渡されたりする。

そうして俺達の前にも大きくて太くて食べごたえのありそうな足が回ってきて……とりあえず食べてみるかと殻を割り、味付けなしで食べてみる。

「あー……うん、美味しい、普通に肉で美味しい。

そしてアレだね、これ……食感はカニ足だな、肉の味と香りのカニ足……違和感凄いな」

「お〜……普通にうめぇな、ちょっと味が足りねぇっつうか、物足りない気もするが、これはこれで良いんじゃねぇか？」

「ん、自分は好きッスよ、これ。

食べやすいし変にしつこくないし……さっぱりで良い感じッスね」

俺、ユーラ、サープの順でそんな感想を口にし……俺の膝の上に座ったシェフィも美味しそうに目を細めて魔獣の肉を食べている。

するとそこに年嵩の女性達がやってきて、早速香辛料を使っての試作をしたのか、何種類かの調味料の入った小皿を差し出してくる。

「こちら試してみてくださいな、色々な味を作ってみたので」

そんな言葉を受けて俺達は素直に従って肉の隅をちょいっと調味料につけて口に運ぶ。

「んお、甘辛ソースだ、砂糖と香辛料を混ぜて軽く煮たのかな……？　うん、肉によく合っている。

やっぱり肉には香辛料だなぁ……今度コショウを量産しても良いかもな」

「お、こっちはすっぱ辛いぜ！　こりゃぁ良いなぁ……！　おい、サープ、さっぱりしたのが良いならこっちが良いぞ」

「ん〜〜〜、本当ッスねぇ、こいつは良いッスね！

　これがあるとこの肉がまた美味くなって……口ん中とかが熱くなってきて、ヴィトーの世界の香辛料ってのはこっちのと違って良いもんスねぇ」

　と、また三人でコメントしてから魔獣の足の肉を堪能し……その間もどんどんと調味料が作られたり、新しい料理が作られたりと食堂コタが賑やかになっていく。

　そうして賑やかに穏やかに時間が流れて……中央の焚き火にかけられた鍋が沸騰した時、鍋に雑に突っ込んであった足から肉汁……と、言って良いのか、とにかくそんなものが飛び出してしまう。

　それがそのまま誰かにかかったら火傷するはずで、何が出来るでもないがとりあえず声を上げようとした瞬間、女性の一人が鍋の蓋を構えて肉汁を見事受けてみせて事なきを得る。

「あ、なるほど」

　そして口から出てくるそんな言葉、アレなら工夫次第でなんとかなるかも？　という思いつきがあり、色々と試してみたくなる……が、今は食事時、後にしておこうと考え直して食事を再開させる。

「……ま、何考えてんのか大体分かるが、後でやりな、食事は食事で大事なもんだぞ」

　と、そんな声をかけてきたのはずっと黙っていたジュド爺で……両手に魔獣の足を持って様々な調味料に交互につけて、その全てを堪能している。

あまり行儀が良いとは言えないが……シャミ・ノーマ族的には問題はないというか、豪快に食事を楽しむことが良いことだとされているので、まぁ何も言うまい。

そうやって老人が食事を楽しんでいることは良いこととされているというか縁起の良いこととされているので、コタの中の皆も笑顔になっているしなぁ。

そんな光景を見ながら魔獣の足を口に運んだ俺は……とりあえず食後にあれこれ作ってみるかと、口を動かしながら思考を巡らせるのだった。

食事を終えて食堂を出ると、グラディスとグスタフの世話をしてくれていたアーリヒが出迎えてくれて……アーリヒからグラディス達を預かり、今日は厩舎でなく俺のコタでゆっくりしたいらしいグラディス達と共に自分のコタに向かう。

俺と交代する形でアーリヒは食事に向かい……食事が終わったならサウナに行って、それから俺のコタに来てくれるそうだ。

「ぐぅ〜〜〜」

「ぐぅー」

そこら辺の話を聞いたグラディスとグスタフがからかうような声を上げてきて、そんな二頭の横腹や背中をがしがしと撫でてやりながらコタへと入ったなら、焚き火に火を入れてコタの中を暖めながら頭の上に乗っていたシェフィに声をかける。

「シェフィ、防刃チョッキがお高いってことは、こう……特殊部隊とかの全身装備も当然お高くなるんだよね？」

『もっちろん、全身分の装備なんて揃えたらチョッキの五倍とか十倍とかになるんじゃないかな？』

「だよねぇ……。

防刃チョッキは素材にも作るのにかかる手間もコストがかかりそうだし、全身装備なら尚更か……。

じゃぁ盾はどう？　防護盾だっけ……ジェラルミンとか樹脂のやつとか、あれならチョッキよりはコストかからないイメージがあるけども？」

俺のそんな問いを受けてシェフィは、ぷかりと浮かび、うぅ〜んと頭を悩ませ始める。

それからモヤの中に入っていって……パチパチとどこかで聞いた音が聞こえてきて……もしかしてそろばんでも弾いているのだろうか？

『えっと――樹脂、樹脂の盾かぁ――そうすると――』

シェフィの声だけが途切れ途切れ聞こえてきて……なんとなしに興味を抱いた俺は立ち上がり、

モヤに耳を近付けてみるとシェフィの声がはっきりと聞こえてくる。

『まったくヴィトーったらー、ここで樹脂だなんてなぁ、本当にわがままな子で参っちゃうよね、そこが可愛くもあるんだけど。

樹脂の種類や大きさにもよるけど……どうせヴィトーのことだから軍隊とかが正式に使ってるのにしたいんだろうなぁ。

そしてー……多分だけど恵獣に乗りながら使えるような大きさとか。

それでいてあの魔獣の攻撃を受け止められて……うぅん、騎乗用だから形も工夫がいるなぁ』

なんてことをつらつらと、独り言だろうに言い続けて……数分後、シェフィが顔だけをニュッと白いモヤから出して、声をかけてくる。

『ヴィトー、樹脂の盾ならなんとかお安く出来そうだよ。

ポリカーボネートとかいう素材で出来てるやつで……騎乗状態でも使えるよう取っ手も工夫してあげる！』

「あー……うん、ありがとう。

……そうだな、とりあえず一つだけ作ってもらえるかな？　それで良さそうなら三人分とか、将来的には村の皆の分を揃えても良いかなと思ってるんだけど……」

『りょうかーい！　じゃぁ早速一個作ってみるね』

と、そう言ってシェフィは白いモヤからポイント……例の金色の謎物体と作業台を持って出てきて、それに向けてハンマーをカンコンと叩きつけての謎作業を始める。

ただ叩いているだけなのに何故か金色の物体が透明の樹脂……ポリカーボネート？　に変化し、叩いているだけなのに形が整えられ、そうして周囲を囲う枠や、盾の中央や枠の側などにある複数の取っ手も作られていく。

『ああいう攻撃を弾くには、真っ平らじゃなくて丸みを帯びた形の方が良いと思うんだ。その方が上手く受け流してくれると思うしー……だからちょっと丸みを帯びた感じにして、恵獣を守らなきゃだから大きめにして……うん、こんな感じかな』

と、そんなことを言いながらシェフィがハンマーを振るうと、形が出来上がりつつあった盾が大きくなっていき……そしてドラマや映画などで見る樹脂製で透明の、丸みを帯びた大盾が完成となる。

『はい、どうぞ、とりあえずの一個目だよ』

なんてことを言うシェフィに「ありがとう」とお礼を言いながら盾を受け取ると、予想に反してズシリとした重さが両手に伝わってくる。

「う、うお……結構重いんだな、プラスチックみたいな見た目だから軽いものとばかり思っていたけど……。

いや、大きさと厚さを考えたらこんなものなのかな……？

普通なら騎乗しながら振り回せるものではないけど、精霊の加護で上がった身体能力ならどうにか……って感じかな。

あとはグラディスがこれを持った俺を乗せても平気かどうかだけど……」

と、盾を持ったり構えたりしながらそんなことを言うと、焚き火の側に足を畳んで座って、火の暖かさを堪能していたグラディスが立ち上がってこちらにやってきて……盾のことを頭で突いたり角で持ち上げたりして重さを確かめてから、口の端をクイッと上げて「フッ」と笑みをこぼす。

こんな重さ余裕だと、そう言っているようで……まぁ、このくらいなら余裕なのだろう。

10kgはないと思うが、7、8kgはありそうな重さで……それが余裕というのはなんとも頼もしい。

「よし……グラディスが平気そうなら、これをあと二個作ってもらおうかな。

……ユーラ達が恵獣との縁を紡げなかったとしても、普通に盾として使えるはずだし、悪くはないはず……。

……ああ、いや、四個か、まだポイントに余裕があるなら四個作ってもらおうかな。

あの魔獣が村に来るなんてことはないはずだけど、それでも念のために作っておきたいんだけど……どう？」

じゃれているのか尚もグラディスがぐいぐいと角で盾を持ち上げてきて、それでも盾から手を離さず、落としてしまわないようコントロールしながらそんな問いを投げかけると、シェフィはその小さな手でぐっと親指を立ててのまさかのサムズアップを見せてくる。

それからまた工房での作業が始まり……次々に盾が作られていき、追加で四個、合計五個の盾が出来上がる。

『よーし、完成！

これでポイントはほぼ空になったからまた頑張って貯め込んでね！

あ、それとついでにこれ作ったから……はい、精霊ポイントカード。

残りのポイントが気になったらこれをチェックすると良いよ』

と、そんなことを言いながらシェフィは、手のひらサイズのカードを渡してくれて……それを受け取った俺はカードをじぃっと見つめながら「あ、ありがとう」とお礼を返す。

するとシェフィは、俺がカードに興味津々なことを喜んでいるようで……俺の次の言葉を待ってか、俺の周囲をうろちょろとし始める。

そんなシェフィが作ってくれたカードには残りポイントと思われる、２３６という数字が書かれていて、それ自体は問題なかったのだが、その書き方……というか表示の仕方がなんとも懐かしい方法で妙に気になってしまう。

灰色の下地に黒い数字……そして隅には黒い粉が溜まっていて、恐らくその粉は砂鉄なのだろう。磁気を表示したい数字の形をカードに焼き付け、その磁気でもって砂鉄を吸着させ数字とする、昔懐かしいというか、今となっては知らない人が多いだろう砂鉄方式。

まさか異世界に来てこんなものを見ることになるなんてなぁ……と、苦笑した俺は、軽くカードを振って砂鉄が数字部分に張り付く光景をしげしげと眺める。

『どお～？　すごいでしょ～？　便利でしょ～？　これなら数字の更新も楽ちんだからね！　工房を使わなくてもボクがそっと撫でるだけで良いんだよ！』

するとシェフィがそんな声をかけてきて……何度かカードを振った俺はそんなシェフィに対し、改めてお礼の言葉を口にしてから……なんとも自慢げなシェフィに応えるために、その体を両手でもってうりうりと撫で回してやるのだった。

とりあえずポイントカードは懐にしまっておいて、作ったばかりの盾を振り回して使い心地を確かめていると、諸々の用事が済んだのかアーリヒがやってくる。

「ヴィトー、お疲れ様でした。

あんなにたくさんの恵獣様を連れてきてくれて、本当に嬉しいです。

236P

「……それであの恵獣様達はどうするんです？　ヴィトーが世話をするのですか？」

コタに入ってくるなり、そう言ったアーリヒは焚き火の側に腰を下ろし、俺に隣に座るように促してくる。

それに従い盾をコタの隅に置いてから席に移動し腰を下ろすとそっと身を寄せてきて……それを受け止めながら言葉を返す。

「うぅーん……今はグラディスとグスタフの世話で精一杯って感じだからなぁ。

狩りもしないといけない訳だし、他の人に任せたい……かな。

ユーラとサープが世話をしてくれると狩りにも協力してもらえるだろうし、色々と都合が良いんだけど……まぁ、そこは恵獣に判断してもらうしかないんだろうねぇ」

「分かりました、では村の皆にはそう説明しておきましょう。

世話が得意な者か、余裕のある者か……誰かしらが手を挙げてくれることでしょう。

……ユーラとサープは、どうでしょうねぇ……悪い子達ではないんですが……」

「まー……そこら辺に関しては他人がどうこう言ってもしょうがないし、二人次第かな。

恵獣達にも事情っていうか気持ちがあるだろうしねぇ……あの二人と組むとなると狩りもしなければならないから、尚のこと簡単にはいかないよね」

「そうですねぇ……グラディスのように勇猛果敢な恵獣様もいなくもないのですが……。

「……あの、ヴィトー？　あそこにある透明な板は何なんですか？」

と、そう言われて俺は「あー」と声を上げて立ち上がり……盾を持ってきて、アーリヒに見せながら説明をしていく。

「シェフィに作ってもらった盾だね、あの魔獣の攻撃を防げないかと思って作ったもので……かなり頑丈だから普段の狩りでも活躍してくれるんじゃないかな。

透明だから攻撃を防ぎながら相手の様子をうかがうことが出来て、鉄とかで作るよりは軽いから、ある程度まで大きく出来る……と、そんな感じの盾だね」

「へぇ、透明なのは良いですね、重さは……うん、私には少し重く感じますね。

硬さは……軽く触った程度ではよく分かりませんが、ヴィトーと精霊様が作ったものなら問題ないのでしょうね。

……あの、ヴィトー、この透明な素材で鎧とか防具を作っては駄目なのですか？　恵獣様は盾を持てないですし、足や喉を守る防具があっても良いと思うのですが……」

「あー……うん、この素材とか、他の素材で防具を作れないかと考えはしたんだけど、結構なポイントがかかるみたいでさ……。

防具にするなら防刃繊維っていう刃に強い繊維で作ったのが良いかなぁと思うんだ。

それでグラディスの全身を守れたら……あの力強さで雪の中を駆け回り、角につけた武器でもって攻撃してくる上に攻撃が通らないとんでもない戦力になるんだけどね」

「なるほど……考えてはいたのですね、失礼しました。

そうすると……必要なのはポイントですか……うぅん、今は地道に狩りをしていくのが一番なのかもしれませんね」

『うんうん、そうだね、こつこつポイント貯めるのが一番！　ポイントの前借りとかはやってないからね！』

と、二人での会話の途中、空気を読んでかどこかに行っていたシェフィがコタの壁からにゅっと顔を出し、そんな声を上げてくる。

「前借り……借金かぁ、借金は怖いからなぁ」

と、俺がそう返すとシェフィは、俺の頭の上ではなく、焚き火の側でウトウトとしていたグスタフの頭の上に移動し、ちょこんと座ってから言葉を返してくる。

『うんうん……ぶっちゃけ出来なくもないんだけど、ボクとしては嫌いだからね、利息だなんだ面倒くさいことも必要だろうし……世界の理の手前、あんまり好き勝手も出来ないからね』

「世界の理……か、うん、手を出さない方が良さそうだね、変に可能性があるとなるとおかしな期待をしちゃうかもだから、厳禁ってことで頼むよ、利息がかさむのは怖いからなぁ」

「りそく……ですか？　精霊様の世界は不思議な考え方があるのですねぇ」

俺がシェフィにそう言葉を返していると、アーリヒがそう続ける。

……シャミ・ノーマ族にも通貨の概念はあるのだけど、基本的に村の財産は村の皆で共有するものなので、借金の概念がないようだ。

まぁー……この村で金貸しが生計を立てられるとも思わないし、当然のことなのかもしれないなぁ。

「まぁ、うん、グラディスの装備は……ポイントに余裕が出来たら優先的に作るということにしよう。

それまではこの盾でなんとか凌《しの》ぐ感じで……明日からはしばらく盾を持った状態での騎乗を練習しようか」

「私にはりそくのことはよく分からないですし、ヴィトーがそう決めたならお任せしますよ」

俺の言葉にそう返したアーリヒは、もう一度俺に寄りかかってきて……俺がそれを受け止めると、目を開けて話を聞いていたグラディスも眠り始め……シェフィはまたどこかへと消えていく。

ジュド爺にちゃんとアーリヒのことを考えているのかみたいなことを言われてしまったし……ここはしっかりアーリヒとの時間を過ごすとしよう。

俺自身そういうことをしてみたい気持ちもある訳だし……と、いうことで俺達は二人きり……と、言って良いのか分からない時間を過ごし、翌日を迎えるのだった。

第十四章　恵獣と共に

翌日。

身支度や朝食を終えた俺は、いつものようにシェフィを頭に乗せて、グラディスとグスタフを連れて餌場へと向かった。

そこでグラディス達の手入れをしてやって、餌をたっぷりと食べてもらって……消化のための休憩を終えたなら騎乗練習をすることになる。

餌場には当然、昨日連れてきたばかりの恵獣達もいて……その側には賢明に恵獣を口説こうとしているユーラとサープの姿もある。

ユーラはその肉体美を見せつけたり、あちこち動き回ってみせたり、狩りの経験を語り聞かせたりしていて……サープはとにかく言葉を尽くしていて、その姿はまるで女性をデートに誘っているかのようだ。

恵獣達はそれを嫌がることなく真剣に受け止めた上で、どうするのか検討しているようで……一応何頭かは前向きに検討してくれているらしい。

だけどもまだまだ決断には至っていないようで……それからしばらくの間、ユーラ達の全力の勧誘が続くことになるのだった。


翌日、早朝。

朝起きて朝食と身支度を済ませたなら、グラディスとグスタフを連れて餌場へと向かう。

そこでグラディス達の食事を見守り、ブラッシングをしてやり……と、世話をしていると、どこからか何かが駆ける足音が響いてくる。

ドドドドドと凄まじい足音、雪をかき分け踏み荒らし突き進んでいるらしいそれはどうやら恵獣のようで……どこからか恵獣がかなりの速度で駆けてきて、そしてどこかへと駆け抜けていく。

「……今の、村の恵獣だったよね？　なんだろう、運動中なのかな？」

と、誰に言うでもなく、そんな言葉を呟くと頭の上のシェフィは『さ～？』と、適当な返事を返してきて……グラディス達も「ぐ～？」「ぐぐぅ」と、そんな返事を返してくる。

まぁ、気にしてもしょうがないかとそう考えて世話を再開させていると、またも足音が……先程よりは小さい足音が聞こえてきて、さっき恵獣が駆け抜けていったのと全く同じ場所を、まさかのユーラが駆け抜けていく。

「何してんの!?」

その姿を見て俺がそう声を上げるが、息が切れ呼吸するので精一杯といった様子のユーラが返事をすることはなく、そのままただただ恵獣の後を追っていく。

「え、えぇ……賢い恵獣が逃げ出したって訳でもないだろうし、追いかけっこでもしているのかな?

それにしたって何でまたそんなことをって話になるけど……」

と、そんなことを言っているとまた恵獣がこちらに駆けてきて、駆け抜けていき……それを追ってきたユーラがついに息が切れたのか、俺達の前で足を止め、膝をついて項垂れて荒く息を吐き出す。

それからしばらくの間、苦しそうな呼吸を繰り返し……それから言葉を吐き出す。

「ぜぇっ……はぁ、はぁ……け、恵獣様が捕まえてみせろって、そんな態度をしてきてな……夜明けからずっと追いかけてるんだが……お、追いつけねぇ。

……で、でもああやって、オレ様が回復するまで待ってくれるんだよ……。

き、きっと捕まえたら縁を紡いでくれるに違いねぇ」

と、そう言ってユーラが顔を上げると、その視線の先には足を止めてこちらを見つめている恵獣の姿があり……その表情はどこか、ユーラのことをからかっているかのようだ。

「いや、普通に考えて恵獣に追いつくなんて無理でしょ。足は長いし四本だし……どんなに深い雪でもかき分けながら進める程にパワフルだし、人間が追いつこうと思ったら空を飛ばないと無理なんじゃゃ……？」

「ぐぅー、ぐぐぅー、ぐ〜〜ぐ」

俺がそう言いながらユーラの背中をさすってやっていると、グラディスがそんな声を上げる。

『本当に追いつけっていうんじゃなくて、どこまで頑張れるのか、その根性を見ようとしているに違いないから、頑張れ……だってさ』

とのシェフィの翻訳によるとどうやらユーラのことを励まそうとしているようで……それを受けてユーラはぐっと体を起こし、深く息をし……それから顔を引き締め、震える足をバシンッと両手で叩いてから、恵獣を捕まえようと再び駆け出す。

すると恵獣もまた駆け出して……一人と一頭の凄まじい足音が雪原を駆け抜けていく。

そしてまた足音が響いてきて、ユーラ達がもう帰ってきたのかと驚いていると……先程とは全く別の恵獣とサープが駆け抜けていく。

「……さ、サープも追いかけているんだ。

ユーラより体力はないかもしれないけど、足は速いし器用だからなんとかなる、かも？

それでも大変というか苦戦することになるんだろうけど……」

その後ろ姿を見送りながらそんなことを言っていると……俺の肩に顎を乗せたグラディスが、

「ぐぅ〜？　ぐぅぐぅ？　ぐぅー」

と、からかうような声を上げてくる。

私達もやってみる？　やったら仲良くなれるかもよ？　と、そんな意味が込められているらしいその声に俺は、ただ首を左右に振ることで答える。

それから一刻も早くこの話を忘れてもらおうと世話へと意識を集中させるのだが……何度も何度も、何度も何度も、ユーラ達が駆けてくるものだから忘れてもらえず、昼前までからかわれることになってしまう。

そして……昼前まで続いたその追いかけっこは、追いつくことはなかったものの、恵獣達が諦めるというか二人を認めるという形で決着となる。

ユーラがつけた名前は、

「ジャルアだ！　格好良くて力強いだろう!!」

サープがつけた名前は、

「スイネ！　いかにも恵獣様らしい、格好良い名前ッスよねぇ！」

とのことらしい。二頭ともオスで、シェフィが言うにはユーラとサープそっくりの性格をしているんだとか。

そっくりだからからかいたくなった、試したくなった……そして認めたくなったと、そういうことらしい。

そうして二人と二頭は心を通わすようになり……ユーラとサープは夢が叶ったと大いに喜び、それからの世話と騎乗練習には異様に力を入れるようになった。

恵獣がいれば色々なことが出来るようになる、恵獣がいれば停滞していたことが一気に前に進む。

世界が変わって、新しい一歩を踏み出すことが出来て……全てが好転していくと、そんなことを考えて、本当に懸命に励むようになった。

世話や練習だけでなく狩りにも精を出すようになり、ユーラ達だけ、サープ達だけで魔獣を狩れるようにもなっていって……北の一帯の開拓も完了となるかと思われた、ある日のこと。

突然の知らせを受けて、餌場で恵獣達の世話をしていた俺達は目を丸くすることになる。

「た、大変だ！　南の鳴子が鳴ったかと思ったら沼地の連中がこっちの領域に入り込んできやがった！

せっかく作った鳴子も罠も壊しやがって……何考えてんだ、あいつら!!」

餌場へと駆け込んできた若者が口にしたのは予想もしていなかった知らせだった。

なんだってまた沼地の連中が……こっちの領域に入り込んだだけでなく、罠の破壊まで……。

商売を断られた報復なのか、それとも暴力でもって商売を再開させようというのか……あるいはただの略奪なのか。

どのみちこちらの領域に入り込んできたということは、侵略に等しい行為であり……このまま行けば戦争というか紛争というか、とにかく血が流れる争い事へと発展してしまうだろう。

……俺の銃があれば、沼地の連中なんてのは簡単に倒せてしまうのだろうけど、しかしあれはあくまで猟銃、人に向けるようなものではない。

だけども俺が銃を使わなければユーラやサープや、他の皆が怪我をするかもしれず……どうしたものだろうかと頭を悩ませていると、今度はジュド爺がやってきて声を上げる。

「あの魔獣が出た！　鱗の魔獣だ！　北の更に北の一帯に作ったばっかりの鳴子に引っかかって、引きずりながらこっちに向かってきてやがる！　数も多いようで……ヴィトー、お前達の出番だぞ！」

沼地の連中のことをまだ知らないらしいジュド爺のそんな知らせに俺達は顔色を悪くする。

まさかの挟み撃ち、北からは魔獣、南から沼地の連中……一体全体どうしたら良いのだろうと頭を抱えていると、ユーラとサープが同時に力強い声を張り上げる。

「ヴィトー！　北は任せた、南は俺達に任せろ！」

「精霊様のお力があるヴィトーには魔獣をお願いするッス！」

俺の迷いを感じ取ったのか、二人はそう言って……すぐさま鞍を載せた恵獣に跨り、戦いの準備をするためか村へと駆け戻っていく。

「……分かった！　南は二人に任せるよ！　俺は北の魔獣をなんとかしてくる！」

二人に負けないよう、力を込めた声を返すと二人は片手を振り上げて任せたと、そう伝えてきて……その背中を見送った俺はグラディスに跨り、シェフィから猟銃を受け取り……ジュド爺から詳しい位置を聞いた上で、グラディスに指示を出し移動を開始するのだった。

グラディスに跨り、自分のコタに戻ったならすぐにグラディス用の装備を用意する。

角にもしっかり武器を装着し、修繕した前掛けも用意し装着し……と、そこでシェフィが声をかけてくる。

『ヴィトーもこれをつけていくと良いよ。盾持ちながらじゃ色々大変でしょ。

だからこれはサービスしてあげる……今は緊急事態だしね』

と、そう言ってシェフィが白いモヤから取り出したのは……映画とかでよく見る、弾丸を入れることの出来るベルトで……恐らく肩掛けのものに、既に十発程の弾丸が入れられていた。

「……ありがとう、シェフィ。

この……ベルトか、ベルトを大事に使わせてもらうよ」

『うん、弾帯ベルトとか、カートリッジベルトとか呼ばれてるみたいだよ。

まぁ、前世は銃と縁遠い生活をしていたんだしヴィトーが知らなくても仕方ないよね』

俺の礼の言葉に内心を見透かしたらしいシェフィはそう返し……それからグラディスの下に向かい『これもサービスだよ』と、そう言って足首辺りに布を巻き始める。

布なんか意味があるのか？　……なんてことを一瞬思うが、そもそもが精霊が作ったものだからなぁ、下手な防具よりは強度があるのかもしれない。

そんな様子を見ながら弾帯ベルトを肩にかけ……すっぽ抜けないよう、リュックのベルトなんかによくある長さ調整用のバックルをいじって長さを調整し、それからグラディスに再度跨り……右手で手綱を握り、左手で盾を構えて……銃はシェフィに預けておくというズルをする。

盾と銃を構えて全力疾走のグラディスに騎乗するというのは危なすぎるし、片手は空けておくべきだろう。

……そもそも猟銃は片手で持つものでも撃つものでもないからなぁ……まぁ、うん、そこら辺は強化された身体能力で無理矢理どうにかするなり、盾を銃のようにシェフィに預けるなりしてなんとかするしかないだろう。

「グラディス、ユーラ達のことが心配だから早く行って早く片付けよう。

今回はとにかく倒せたらそれで良いから……崖に落とすでも行動不能にして放置でもなんでも良いから、とにかくこれ以上村に近付かせないようにしよう。

連中の鱗には銃弾は通用しないけど、鱗さえなければ良い訳だから……蹴るなりしてひっくり返してもらえれば、あの足が詰まっている穴に弾丸を撃ち込めるから、余裕があったら頼むよ」

しっかりと手綱を握りながら俺がそう言うと……グラディスからは予想外の反応が返ってくる。

「ぐぅー」

「……ん？　嫌がっている？　戦いに行くのが嫌……とかじゃないし……。

うん？　今俺が言ったことで何か駄目なとこあった？」

「ぐぅ〜、ぐぅーぐぐぅーぐぅ」

『少しは自分に任せてくれ、だってさ。

恵獣と呼ばれているのは伊達じゃない、たまには本気を見せてやる……とか、そんな感じかな。

まぁ、うん、実際グラディスは恵獣の中でも強い方だと思うし……ヴィトーの影響を受けているからね、正確にはドラーの加護の影響って言ったら良いのかな？

とにかく普通の恵獣よりは強くなっちゃってるみたいだから心配無用だよ』

グラディスが声を上げ、それをシェフィが補足し……俺が「え？」と声を上げていると、グラディスが顔を下げて踏ん張って全身に力を込めて……そして引き絞られた矢が放たれたかのように、一気に駆け出す。

それは本当に凄まじい勢いだった、前世では乗ったことがなかったがバイクに乗ってかなりのスピードを出したらこんなことになるのかという程で……それだけの速さで駆けているのに、俺のことをしっかりと気遣っているのか、それほど揺れてはおらず負担は少ない。

体を揺らさず、足だけを大きく動かし……雪深くても構わず駆け続け、その力強さはブルドーザーかと思う程だ。

どんなに深く積もった雪でもお構いなし、その足でかき分け蹴り飛ばし駆け進み……岩や倒木なんかがあれば物凄い力でもって跳躍し……今何秒浮いていた!? なんてことを思ってしまう程の滞空時間を見せてくれる。

もし俺に気遣うことなく本気で駆けていたらどんな速さになっているのやら……あまりの速さに口を開くことも出来ずただただ歯を食いしばっていると、北にまっすぐ向かっていたはずのグラディスが何故だか角度を変えて、あらぬ方向へと駆け始める。

それを受けていやいや、そちらではないと手綱を引こうとすると、俺の頭にしがみついていたシェフィが髪の毛を掴みながらよじよじと耳の近くまで移動してきて、声をかけてくる。

『だいじょーぶ! 恵獣は耳が良いから! いや、耳が良いっていうか角が良いっていうかなんだけどさ!

恵獣とかへラジカはね、その角が……大きな枝角がアンテナみたいな役割を持ってるんだよ！　音を集めて敏感に感じ取って、数キロ離れた仲間の声も聞き取れるんだよ！

グラディスはどうやらそれであの魔獣の声を聞きつけたみたいだね！

……ちなみにボクも今、結界でヴィトーのこと守ってあげてるからね！　結界がなかったらそんな風に目を開けてらんないだろうし、何より体にぶつかる冷気で全身凍りついちゃってただろうからね！　グラディスだけじゃなくボクのこともしっかりと、凄い凄いって尊敬して褒めるように！』

「す、凄い凄い！　グラディスもシェフィも超凄いよ！　尊敬する！」

結界のおかげか凄まじい速度の中でも口を開け声を出すことが出来て……決して嘘ではない、心からの本音を言葉にすると喜んでくれたのかグラディスが更に加速していく。

駆けて駆けて跳躍して、ときたま鋭いステップなんかも見せてきて、加速しすぎたためか揺れも激しくなってくる。

手綱が指に食い込み、盾をグラディスにぶつけないよう力を込めた腕が悲鳴を上げ始め……このままだと魔獣とやり合う前に酷いダメージを受けそうだなと、そんなことを考え始めた折、グラディスがステップで避けていた木々が減り……前方に開けた一帯が広がる。

そしてそこにはこちらを待ち構えていたのか鱗魔獣が五体、足を伸ばした砲台状態で立っていて、一切の躊躇なく鱗が一斉発射される。

すぐさま俺は両手で盾の取っ手を持つ。

シェフィが作ってくれた盾には複数の取っ手がついている。

盾の中央や枠の側、上部や下部などにもあり……それらは構え方を工夫出来るようにとの配慮なのだろう。

その配慮は本当にありがたいもので、騎乗中でもなんとか重い盾を構えることが出来て……それで鱗を受けようとすると、

「ぐぅ————！」

と、グラディスが大きな声を上げ、そうして今までで一番鋭く力強いステップを見せて、発射された鱗を回避しながら魔獣の方へと突き進んでいく。

まさかこんなにも上手く避けてくれるとは……一度その攻撃を見ていたのが良かったのだろうか？

あの時の経験を糧にグラディスなりに対処法を考えてくれていたようで……あまりに華麗な避け方過ぎて揺れによる痛みも、手綱を離したことによる振り回され具合もあまり気にならない。

いやまぁ、精霊の力で肉体が強化されていなかったら大ダメージだっただろうけど……と、俺がそんな余計なことを考えているとグラディスが砲台状態の魔獣へと肉薄し……恵獣のために作られ

た伝統的武器、角につけた槍の穂先のような武器でもって鱗魔獣を力強く突き上げる。

ガァァアン！　と、凄まじい衝撃音が響き渡り、直後何かが……硬い何かが砕けるような音がし、そして肉塊を叩き潰したような音が響き渡る。

それからグラディスが突き上げた魔獣の体から凄まじい血が噴き出てきて、俺達に降り掛かる……が、薄い膜のような何かが降り掛かった血を弾いてくれる。

『け、結界張っておいて良かったね!?』

と、シェフィがそんな声を上げる中グラディスが鋭く首を振って、角に刺さっていたらしい……武器と角で見事に刺し貫き、挙句の果てに持ち上げていたらしい魔獣の体を投げ捨てる。

「す、すげぇ!?」

それを見てそんな声を上げた俺は、左側から殺気のような何かを感じて慌ててそちらに盾を向ける。

するとその先にいた魔獣から鱗が発射され……足を止めていたグラディスを狙ってきたようだが、なんとかギリギリそれを盾で受けることが出来る。

盾を持つ手に衝撃が伝わり、バァァアンと音が響き渡り、そして鱗が弾かれて……盾には傷がついたものの、割れたり鱗が刺さったりはしていないようだ。

「グラディス！　一旦距離を取ろう！」

思わずそんな声を上げる、それと同時かそれよりも早いくらいのタイミングで再度駆け出したグラディスは、後方から発射されたらしい鱗を見事に避けながらステップを刻み、加速し……どんどん加速し、魔獣達から距離を取ったなら方向転換を行い……次の魔獣へと狙いを定める。

それを迎撃しようと魔獣達は鱗を発射してくるがそのほとんどがグラディスに当たることはなく、当たりそうな鱗もなんとか俺の盾で受けることが出来た。

そうして二度目の突撃は見事魔獣にぶち当たり……今度は二本の角で二体の魔獣を貫くことに成功し、

「ぐぅぅぅ――――!」

という力強いグラディスの声と同時に、魔獣達の血が驚く程の勢いで噴き上がるのだった。

第十五章　グラディスに跨り

鱗魔獣は残り二体。

グラディスが角に刺さった魔獣を振り払い、辺りに血が飛び散り、魔獣の体が叩きつけられ……このまま決着かと思われた所で二体の魔獣達がそれぞれ別方向へと駆け始める。

逃げている訳ではなく、一定の距離を保つためにそうしているようで……その状態で狙いをつけることなく乱射といった感じで鱗をばらまいてきて……すぐさまグラディスは雪の中を駆けて跳んでの回避行動を取る。

俺も盾を構えて防戦に参加し、グラディスの邪魔をしないよう気をつけながら……ついでに振り落とされたりしないよう全力で踏ん張りながら鱗を弾いていく。

そうしながらグラディスはどうにか角を突き刺そうとするが、攻撃を避けながら駆け続ける相手に角を突き刺すのはかなり難しいようで、それなりに近寄れはするもののその攻撃が当たることはない。

二度三度と攻撃を繰り返すが成功せず……その間も鱗での射撃が繰り返されていて、このままではいつか被弾すると考えたらしいグラディスが作戦を変更、まずは攻撃を当てるために相手の体勢を崩そうとし始める。

駆ける速度を早め、あえて距離を離してみたりし、鋭いステップで翻弄し、相手の狙いをとにかく見出し……そして出来上がった隙を突いて駆け寄り、すれ違いざまに跳び上がって相手を踏みつけ、相手を転ばせ……またすぐに駆け出し同じことを繰り返す。

そうやって魔獣を何度も何度も転ばせて……だんだんと魔獣の動きが鈍ってきて、そして一体の魔獣が中々起き上がれずにまごついているのを見てグラディスがそれに狙いをつける。

狙いをつけて駆けていき……そして角で見事に刺し、持ち上げて今までのように振り払おうとした、その時。

そこを狙っていたとばかりにもう一体の魔獣が、残った全ての鱗を逆立ててまさかの全弾発射の構えを見せてくる。

「グラディス!!」

俺がそう叫ぶとグラディスは、角に刺さった魔獣を振り払いながら大きく跳び上がり……そんなグラディスを守るため俺は落下覚悟で身を乗り出し、両手で盾を構え押し出すのだった。

一方その頃　雪原を南進しながら――ユーラとサープ

沼地の人々がこちらの領域に入り込んできた。

そんな連絡を受けてユーラとサープは、それぞれ恵獣に跨り精霊に作ってもらった槍と盾をしっかりと構えながら、雪原の中を南進していく。

自分達の……シャミ・ノーマ族の領域に沼地の人々が無断で入り込んでくるというのは完全な侵略行為であり、沼地の人々もそのことは重々承知のはず。

承知の上で入り込んできたということは宣戦布告に等しく、村では男衆達が戦の支度をしているが、ユーラとサープはそれよりも先に出立し、どうにか二人だけで今回の件を解決しようとしていた。

自分達は村の誰よりも強い精霊の加護を受けていて、精霊の工房で作られた槍と盾を持っていて……協力的な恵獣と絆《きずな》を紡いでいる。

自惚《うぬぼ》れる訳ではないが、男衆の中でも上位の力を持っていると考えていて……だからこそ、力あるものの責任として、矢面に立とうと考えていた。

そうした方が良い結果に繋がるはず、怪我人も少なくて済むはず……と、そう意気込んで二人が進んでいると……そんな二人の頭上に小さな火の玉が現れる。

火の精霊ドラー……普段はサウナに住まうその精霊が二人に見守ってやるぞと、自分が見ていてやるから存分にやってみろとの視線を送ると、二人の心の中にあった渦巻く不安が一瞬で消え去り……二人は鼻息荒く、周囲を見回す。

すると何かを聞きつけたのか二頭の恵獣……ジャルアとスイネが南東の方を向き、その両耳をピクリと動かす。

「……連中はそっちに居るのか？　なら……奇襲を仕掛けるか？」

「自分はソレでも良いッスけどね……ただ言い分を聞かなくて良いんスか？」

ユーラが声を上げ、サープが声を返す。

二人の目はいつになく鋭く吊り上がり、普段のおどけた態度からは想像も出来ない程に殺気に満ちている……が、それを飲み込んだユーラが首を左右に振ってから声を上げる。

「以前のオレ達だったら奇襲しかなかったんだろうが……今は精霊様と恵獣様がついてくださってるからなぁ、力を持つもんとしてそれじゃぁ駄目……だよな……。

ならまず連中の言い分を聞いて、それから堂々とはっ倒すぞ」

「良いんじゃないッスか？　多分その方が女の子にもモテるッスよ」

「グゥー」

「グゥ～」

今度はサープだけでなく、恵獣のジャルアとスイネも声を返し……それが嬉しかったのか満面の笑みを浮かべたユーラは、沼地の連中がいる方へ進むようジャルアに指示を出す。

サープはその後に……奇襲などがあっても対応出来るよう、少し距離を取りながら続き……途中壊された罠を見かけ、歯噛みしたりしながら更に進み、そうして雪原の中を苦労して進む一団を発見する。

数は十一人、老人を含んだ男達で……そのうちの半数程は鉄の鎧兜《かぶと》を装備している。

「お、おいおい……こんなとこで鉄を体にってよくもまぁ……」

「普通なら冷え切って酷いことになってそうッスけど、アレっすかね、沼地の連中お得意の汚染を広げる魔法とやらでなんとかしてるんスかね？」

「さてなぁ……なんにせよ覚悟しとけよサープ、もし連中が目の前で魔法を使ったら、それは俺達の目の前で汚染を広げやがったってことだ、その時はもう言い分も何もねぇ、汚染を広げないためにすぐさま黙らせるぞ」

「了解ッス……とりあえず交渉は自分がやるッスよ」

と、そんな会話をしてから二人は、こちらを見つけるなり陣を組み、露骨に警戒している一団の方へと少し進み……それからサープが大きな声を張り上げる。

「沼地に住まう者達、何をしにきた！

我らの領域に入り込んだだけでも許されぬというのに、罠や鳴子を踏み壊すなど侵略も同義だぞ！

それとそこの鉄を纏《まと》った者達はなんだ！　この寒さで鉄を纏うなど不可能なはず……もし寒さを防ぐため邪法を使い、この地を汚染していたとしたら、最早言葉もなくただ殺し合うのみだぞ!!」

いつもとは違う声色、口調でサープがそう言うと……沼地の一団の中で一番高齢の男が進み出て……分厚い毛皮のコートを脱ぎ、白髪白髭、肥えた頬を見せてきながら声を返してくる。

「わ、罠を壊したのは仕方なかったのだ、この雪の中他に進路を探すなんてとてもではないが無理だったのだ！

そして鎧の下には毛皮をまとい隙間には綿を詰めてあり……魔法は使用していない！　使用していたらこんな風に凍えていない！

そしてそちらの領域に入り込んだことは申し訳なかったが……し、しかし今回はそちらに非があろう！　いきなり商いを打ち切るなど……こちらは来年まで注文が入っているのだぞ！」

その言葉を受けてユーラとサープはお互いの顔を見合う。

一体こいつは何を言ってるんだ……？　と、二人の表情は語っていて、訝《いぶか》しがった表情のサープが声を上げる。

「そちらが持ってきた品は全て買い取った！　商いはいつも通りに行われた！　そしてもうそちらの品が必要なくなったから来なくて良いと伝えた、ただそれだけの話だろう！　それとも何か、貴様らの言う商いとは必要のない品を押し付けることなのか！　そもそもこちらの足元を見た暴利をふっかけ続けてきたのはそちらだろう！　よくそれでこちらに非があるなどと言えたものだな！」

交渉係から商いに関する細かい話を聞いていたサープは相手の主張が全く理解出来ず、そう返した訳だが……どういう訳か相手は納得せず、引き下がらない。

「こ、こんな僻地《へきち》までわざわざ来てやっていたということを忘れないでもらいたい！　そちらの言う通り必要のない品を売りつけようなどとは思わない！　必要な品を教えてくれたらそれらを用意する！

これまでの付き合いのことを少しは考慮して欲しい！　ここの毛皮と木材、琥珀は一級品で他では手に入らん！　ここで仕入れる以外に手はないのだ！

今後とも良い付き合いを継続するのがお互いのためだろう！」

「こちらとそちらの付き合いはあくまで商いだけの関係だ！　良い付き合いなどと恵獣様と精霊様の前で言わないでもらいたい！

もし我らと縁を結びたいと言うのであればまず邪法から手を引くことだ！　世界を好き勝手に汚染しておいて良い付き合いなどとよくも言えたな！」

「魔法から手を引けなど無茶を言わんでくれ！　ここらで使わないのが最大の譲歩だ！　そもそも汚染だなんだは、そちらが勝手に言っているだけの――」

その言葉は致命的だった、精霊と触れ合い精霊の加護を受け、日々浄化に励んでいるユーラとサープにとって、決して受け入れられないものだった。

そうして目を細める二人だったが、それでも怒気を放つことを堪え、なんとか穏便に目の前の連中を自分達の領域から追い出そうと思考を巡らせた……のだが、そんな二人の努力を一団の中の一人が踏みにじる。

「な、なんだよその目は！　たかが迷信のことでそんな怒るこたぁないだろうが！」

先程まで会話していた男とはまた別の男が発したその言葉は、ユーラ達の神経を逆なで……サープが怒りのまま口を開こうとする中、前に進み出てそれを止めたユーラが声を上げる。

「迷信だろうと他者の信じているものを安易に踏みにじれば怒って当然だろう！

全く無関係の他人が怠けているせいで、世界が変質していき、明日にも終わるかもしれない恐怖！　憤り！　今お前達はそんなオレ達の感情まで踏みつけたんだぞ!!

勝手に人の領域に入り込んで、人のものを壊して、挙げ句その有様！　そんな連中と商売なんて出来るものか！　今すぐこの地より立ち去り二度とその面見せるな!!」

それはユーラなりに我慢をし、精一杯の譲歩をした言葉だった。

あのままサープに任せていればサープは感情のまま喧嘩を売り、武器を構えていたはずで……それに比べれば冷静かつお互いのことを思ってのものだった。

実力行使は覚悟しているが、それでもやらないに越したことはなく……これで退いてくれるのなら、態度を改めてくれるのならと、そういったユーラなりの優しさだったのだが……その優しさが相手に通じることはなかったようだ。

一団は不愉快そうに表情を歪め、怒りを顕にし……何人かは剣を鞘から抜いてしまう。

それを受けてユーラとサープは呆れと失望の表情を浮かべながら武器と盾を構え、無礼な侵入者達を排除するための臨戦態勢へと入る。

盾と槍を構えたユーラとサープは、改めて相手の人数と武装を確認する。

改めて数えても数は十一人で間違いないようだ、そのうち先程まで会話をしていた相手、高齢の男は武器を持っていない。

そして高齢の男の側に立つ男二人……世話係なのか防具らしい防具は身につけておらず、マントで全身を隠していて……マントの裾から剣の鞘がちらりと見えているが、抜剣はしていない。

鉄鎧姿の男が五人、この全員が鉄剣を抜き放って構えていて……残り三人は細く短い木の棒の先に宝石を貼り付けたという不思議な武器を構えている。

そんな棒ではいくら良い木材を使ったとしても武器になるはずもなく、ユーラとサープは戦うべき相手は……その価値がある戦士は鎧姿の五人だけであると決めて、そちらへと意識を向ける。

そうして静かに足に力を込め、足で横腹を叩いて恵獣に指示を出し……それを受けて恵獣が、ジャルアとスイネがゆっくりと駆け始める。

と、その時、不思議な棒を構えた三人が何かを叫ぶ。

それは耳に届きはするものの言葉であると認識の出来ない不思議な音で、デタラメに叫んでいるかと思えば三人が全く同じ音を発していて、なんらかの意味が込められていることは明白で……それに何の意味があるのかとユーラ達が疑問に思うよりも早く、その答えがユーラ達の前に出現する。

それは火の玉だった、突然空中に火の玉が現れた。

大きく燃え盛る三つの火の玉はどんどんと火力を増していって……それを見た瞬間、ユーラとサープの顔が真っ赤に染まり、強く噛まれた歯が欠けて酷い音を立てる。

「邪法を使いやがったな、てめぇ!!　よりにもよってここで、戦いの場で邪法を使いやがったな!!オレ様達の戦いと土地を汚しやがったな!!」

「それ以上の汚辱はないと知ってか貴様ら!!」

そう叫んだユーラとサープは、危険も何も顧みずただただ意識をその三人に向けて、まっすぐに突っ込もうと恵獣に指示を出す。

それこそが男達の狙いで、剣を構えた男達はこれから体勢を崩すだろうユーラとサープに追撃を行うために動き始め……そしてがむしゃらに突っ込んでくるユーラ達に向けて、棒を構えた三人……魔法使い達があっという間にユーラ達を燃やし焦がすであろう熱量をもった火球を放つ。

「お前らだって魔法に頼ってるくせによぉ!!」

そう声を上げたのは魔法使いの一人で、その男の視線はユーラ達の頭上に向いていた。

そこには小さな火球が浮かんでいて……男はそれをユーラ達が魔法で作り出したものだと思い込んでいた。

灯《あか》りのためか暖かさのためか……そんな火球を魔法で作り出し便利に使っておいて、こちらを非難するなんてと、その男はそう思い込んでいたのだ。

『火の精霊に火球を放るとはな！　それとも瘴気に染まり過ぎて精霊のことを忘れたか！

なんにしてもオラを舐めるんじゃねぇって話だ！』

まさかその火球が喋《しゃべ》るだなんて思いもよらなかった、まるで生きているかのように動くなんて……生き物であるかのような姿を取るなんて想像もしていなかった。

『安心しろ！　ユーラ、サープ！

お前達もオラ達の大切な子だ！　子はしっかり守ってやらないとな!!

ついでにあの程度の瘴気なんてな、綺麗さっぱり浄化してやるよ！』

そう言って火球をあっさりと消してしまうなんて……それどころか魔法を発動させるための魔力全てを消されてしまうだなんて、男達にとっては夢にも思わないことだった。

これまで当たり前だと思っていた常識が、彼らにとっての世界の理がこの瞬間崩れ去った。

ありえなきことが起き、信じていた道理が捻じ曲げられ……魔法使いたちは棒を、魔法を行使するための杖を構えたまま呆然とする。

そしてそこに怒りのまま突き進むユーラとサープが……ジャルアとスイネが突っ込んできて、魔法使いたちは撥《は》ね飛ばされ、粉雪を巻き上げながら地面に倒れ伏す。

恵獣達の突撃はかなりの威力となったはずだが、恵獣達があえて角を使わずに体当たりをしたのと、深く積もった雪が衝撃を吸収してくれたおかげで命に別状はないようで、倒れ伏した魔法使い達は折れた杖を手にうめき声を上げる。

うめき声を上げ悶え……だけども立ち上がれず、魔法を使って傷を癒そうにも魔力がないために癒せず……自分達の世界が徹底的に破壊されたことで心が折れ、そのまま雪の中に沈む。

そしてそれを呆然と見ているしかなかった他の男達。

本来であれば魔法を受けて獣の背から落ち、悶えているユーラ達に剣を突き立てるだけで良かったはずなのだが、全く逆の光景が目の前に広がったことにより、思考が停止しまって満足に体を動かすことが出来ない。

ユーラとサープは魔法使いたちを撥ね飛ばした勢いそのままに恵獣を駆けさせている。

まっすぐに駆けさせ速度を増させ……ゆっくりと弧を描いて進行方向を変えて、男達目掛けて駆け進む。

恵獣達の足は長く力強く、どんなに雪が深くとも速度を落とすことなく駆け進むことが出来る。

その速度は駿馬の全力疾走にも匹敵する程で……雪に足を取られ満足に動けない男達は、ただ絶望することしか出来なかった。

それでも剣を構えた男達は僅かな希望にすがってなんとか体を動かし……そして世話係の二人は、絶望の中からどうにか抜け出し、老齢の男の腕を両側から抱え込み、少しでも剣を構えた男達から距離を取ろうと老齢の男を引きずりながら移動をする。

そしてユーラとサープは、目の前の男達は戦士ではなかったと……本気で戦う価値のある相手ではなかったと考えて、槍ではなく盾を前に構えて……盾と恵獣の体でもって剣を構えた男達を撥ね飛ばす。

男達を撥ね飛ばしても尚恵獣は駆け続け、そのまま行けば飛ばされ倒れ伏した男達を踏み荒らすことになるが、ユーラとサープは戦士じゃない男達にそこまでするのは哀れだと恵獣達に跳ぶようにと指示を出す。

それを受けてジャルアとスイネは地面を力強く蹴って跳び上がり……まるで翼を持っているかのように優雅に華麗に空を舞う。

そうして男達の遥か向こうに着地したジャルアとスイネはゆっくりと振り返り……またいつでも駆けられるようにと前足でしっかりと雪を踏み固め、後ろ足で余計な雪を蹴り払い、場を整える。

「ドラー様がいなかったらこの程度じゃ済まさねぇぞ、まったく……」

「よくあのザマで喧嘩売ってきたッスねぇ……戦士の振りした偽物なのか、それとも沼地の戦士ってのはあんな連中ばっかりなのか……どっちなんスかね？」

そんな恵獣達の背の上で声を上げるユーラとサープ、その顔色はいつの間にかいつも通りとなっていて……あっという間の決着に呆れたこともあってか、怒りの感情はどこかへ行ってしまったようだ。

これで決着、あとはこの男達を追い出したら話は終わりかと、ユーラとサープが考えていた折……そこにまた別の、もう一人の人物が駆け込んでくる。

「ま、待ってください、か、彼らにトドメを刺すのは待ってください！

彼らの無礼はお詫びしますから……どうか話を聞いてください！」

そしてその人物は甲高い声でそんなことを言ってきて……ユーラとサープは目を丸くする。

その人物が女性だということにも驚いたがそれ以上に、その女性が行っている奇行が問題で……

その女性は何故だか、丸く切り出した透明な板二枚を、恐らく氷の板と思われるものを自分の顔の前へと持ち上げていたのだ。

何故氷を？　何故そんなことを？　一体その行為に何の意味が？

女性はただ板を持ち上げるだけでなく、何故だか板を通してユーラ達のことを見ていて……一体何がしたいのか、板を遠ざけたり近付けたりと更に奇行を積み重ねてくる。

そんな女性に毒気を抜かれてしまったユーラとサープは、女性に手を上げる訳にもいかないからと、再度対話する覚悟を決めて……それでも警戒しながらゆっくりと女性の方へと近付いていくのだった。

一方その頃――――ヴィトー

盾を構えてグラディスの突進のフォローに徹すると、グラディスはしっかりそれを意識しての対応をし、敵の鱗攻撃が飛んでくる位置に盾を持ってくるようにしながら駆け回り……そうして魔獣を踏みつけ、跳び上がり……落下の勢いのままにもう一体の魔獣を踏みつけ、ダメージを与えていく。

そんなことをせずとも角で刺してしまえば良いのではないかと思うが……弱点でもある頭を相手に向けての攻撃よりは踏みつけの方が安全なのかもしれない。

相手の数が多かったから危険を覚悟の上で角を使っていたが、数が減って余裕が出来たので踏みつけで……ということなのかもしれない。

何より鱗魔獣達の攻撃は上には撃てないというか、対空には向いていないようで……跳び上がりからの落下攻撃はそういった面でも安全な攻撃ということになるようだ。

一撃で致命傷を与えることは出来ないが、安全確実にダメージを与えることが出来て……何度も何度も踏みつけられ、鱗をどんどん失っていき、体力と防御力を失うことになった鱗魔獣達は、十回目かそこらの踏みつけ攻撃をくらったことでついにダウンする。

「お、おぉぉ……まさか踏みつけだけでダウンさせるとはなぁ。

……盾があって良かったのか悪かったのか……まぁ、これからも練習をして上手く使えるようになっていくしかないか。

これで鱗魔獣はなんとかなったし、あとはユーラ達と合流して沼地の人達をなんとかしないとなぁ」

「ぐぅ～～～」

俺の上げた声にそう返したグラディスは、荒く息を吐きだしてから首をぐいと上げて、どこか誇らしそうな表情をし……俺は盾をシェフィに預けてから、その首をがしがしと撫でてやる。

そうやってグラディスのことを労っていると、なんとも言えない嫌な予感が……気配のような何かが首筋をぞわりと撫でてきて、慌ててそちらへと視線をやる。

するとその先には以前倒した熊型魔獣が三体立っていて……今度は熊か、まぁ熊ならなんとでもなるかとそんなことを考えていると、熊型魔獣が数歩こちらに進み出てきて……その背後にいた鱗魔獣の姿までが視界に入り込む。

鱗の数は二、熊が前衛で鱗が後衛で……まるで一つのチームとか部隊のようだなとそんなことを思いながらシェフィの方へと手をやって銃を受け取る。

鱗二体ならグラディスの踏みつけや角でなんとかなる、熊魔獣なら銃でなんとかなる、この状況なら盾よりは銃の方が良いはずだ。

どうして種類の違う魔獣が連携しているのか？　とか、魔獣に前衛後衛の概念があるのか？　とか、色々気になることはあったけど、あれこれ考えるのは連中を倒してからだと弾込めをしていると、鱗魔獣の更に後ろに大きな影が見える。

大きく力強く……そしておぞましく。

はっきりとは見えないがあれはまさか……、

「ま、魔王!?」

と、思わずそんな声を上げてしまっていると、その影は正体を明らかにしないまま何処かへと去っていき、それと同時に熊魔獣がこちらに駆けてくる。

あの魔王が生きていたのか？　それとも別個体か？

そして魔王がこいつらを率いているのか？　部隊編成なんてことをしているのか……？

さっきよりも強い疑問が次々と湧いてきて、その答えを得るために去った影を追いかけたかったが、目の前の魔獣を無視する訳にもいかないし、俺とグラディスだけで暫定魔王とやり合うのは危険過ぎるし……仕方ないかと銃を構え、駆けてくる熊魔獣に狙いを定める。

まず一体に狙いを定め二連射、それが終わった瞬間グラディスが駆け出し……反撃とばかりに鱗魔獣から発射された鱗がグラディスを狙って次々に放たれる。

俺が再装填をする間、グラディスは駆け続けてくれて……再装填が終わると速度を緩めて狙いやすいようにしてくれる。

先程の二連射で一体倒れていて……残る熊魔獣は二体、このまま数を減らしていけばと銃を構えると、

『ガァァァァァァ！』

と、まるでこちらの邪魔をしているかのようなタイミングで熊魔獣が吠え、鱗魔獣が鱗を発射し、

グラディスがそれを避けるためにステップを踏み、その揺れで狙いが定まらない。

だが誤射して困る相手がいる訳でもない、揺れるグラディスの背の上で俺は構わず発砲をする。

二連射、そして再装塡、駆け続けるグラディスに振り回されながら必死に両足を踏ん張りまた二連射。

グラディスが逃げ続けている限り、あちらが追いつくことも攻撃が当たることもないのだからチャンスはいくらでもある、何ならシェフィが作ってくれた弾帯のおかげで残弾のことを気にしなくても良いし、何を気にするでもなく乱射に近い状態で撃ちまくる。

撃って再装塡、また撃って再装塡、そうしているうちに熊魔獣が倒れ……もう一体も倒れ、鱗魔獣だけになり、その頃には鱗魔獣の残弾――鱗も減っていて、一体を銃で撃ち、もう一体をグラディスが踏みつけ……という形で、なんともあっさりとした決着となる。

魔獣全てが動かなくなったことを確認してから荒く息を吐きだし……それから再装塡をしながら周囲を見回し、魔王がいないかの確認をし……何度も何度も視線を巡らせたが見つからず、仕方ないかと諦めのため息を吐き出してから口を開く。

「……チームにしては連携不足だったかな。

前衛後衛が逆で銃弾が効かない鱗が前に立っていたら……簡単には熊魔獣を倒せなかった、かもしれないなぁ」

「ぐっぐー」

俺の言葉にグラディスが同意した……その時、魔王のような影が居た辺りから……影が去っていったと思われる方向から一体の鱗魔獣と熊魔獣がこちらに駆けてくる。

今度は鱗が前、その真後ろに熊。

鱗を盾にするかのようにしてこちらに駆けてくる熊を見て、こっちの話を聞いていたのか!? とか、魔獣を好き勝手に生み出せるのか!? とか、もう何度目だよって疑問が湧いてきて……予想外のこと過ぎて呆然としている俺の目を覚まそうとしているのか、グラディスがなんとも荒々しく駆け出し……そしてその角で鱗魔獣を突き上げる。

今度の鱗魔獣は鱗を発射しておらず、十分な防御力を有していたが……グラディスは角でもって下から上手く突き上げ、足が生えている穴を貫いているが、同時に熊魔獣に無防備な首を晒すことになってしまう。

「やらせるか!!」

熊魔獣が鋭い爪の生えた手を振り上げると同時に、銃を構え引き金を引く。

ただ銃を構えただけで狙いも何もなかったが、グラディスが動いていなかったのと……散々銃を撃ちまくったおかげか、なんとなくここなら当たるという場所が分かって、そこに銃口を持ってくることが出来て、結果見事に熊魔獣の頭に銃弾がぶち当たり……こちらに駆けてきていた熊は力を失い、すれ違うようにして俺達の横を通り過ぎて倒れ伏す。

それをちらっと見て確認したらすぐさま再装塡、銃床を肩に当てて次の魔獣と魔王の襲撃に警戒するが……それ以降は特に何もなく、静かな……ただただ静かな白銀の光景だけが周囲に広がっている。

「……最後二体だけだったのは弾切れというか、瘴気切れか？

いや、そもそも本当に魔王が魔獣を生み出しているのか？　力で支配くらいはしていそうだけど……シェフィ、どう思う？」

油断をせずに警戒を続けながら俺がそう言うと、俺の頭に張り付いていたシェフィは……俺の目の前へとやってきて、キョロキョロと周囲を見回してから言葉を返してくる。

『……正直ボクにも何がどうなってるのかは分かんないな。

ただ瘴気は綺麗に消えた、綺麗過ぎる程に綺麗になった……まるで浄化が終わったみたいに周囲が綺麗だ。

ヴィトーが言った通り、瘴気切れみたいなことが起こったのかもしれないな。

それだけ相手も無茶をしたのか……あるいはこの辺りの瘴気を失ってでも確かめたかったのかな、あの動きが有効かどうかを。

なんだっけ……こういうの、ヴィトーの世界だと威力偵察って言うんだっけ？

……まぁ、あの影の気配はボクでも感じ取れないくらいに遠ざかったから、とりあえずは気にしなくて良いよ。

あれ程の気配なら近付いてくればすぐに気付けるしね……だからとりあえず、今はよくやったということで村に帰ろうか、ユーラ達のことも気になるしね』

そう言われて俺は頷き……グラディスに村に戻るように指示を出す。

それからグラディスはゆっくりと村に向かっていき……その間俺は、シェフィのことを信じていなかった訳ではないけども、どうにも不安で銃を手に持ち続けるのだった……。

第十六章　沼地のガクシャ

村に戻るとすでにユーラ達も戻ってきていたようで、ひとまず南での騒動が解決したらしいことに安堵する。

深くため息を吐き出し、緊張を解いてからグラディスの背から下り……グラディスのことを精一杯撫でて労ってから、魔獣の死体が大量にあることを知らせようかと村の中央へと足を進める。

そこには人だかりが出来ていて、ユーラ達の姿もあるようで……一体何をしているのか気にはなったけども、まずは男衆の一人に声をかけ、魔獣の死体の回収を頼む。

すると、

「大量の魔獣か！　今日も肉を腹いっぱい食えるな！」

と、なんともごきげんな返事をしてくれて、それから仲間を集めて回収しに行ってくれて……それから俺は自分のコタに戻り、グラディスの装備を外していき……もう一度グラディスを撫でてから労り、それから餌場に向かう。

そこにはグスタフと、その世話をしてくれた恵獣を飼っている家の家長がいて……家長にお礼を言ってから、グスタフに挨拶をし……それから改めてグラディスのブラッシングをし、食事をしてもらい……と世話をしていると、家長から待ったがかかる。

「待て待て、ヴィトーよ、お前さんだって疲れているんだろう？　世話は俺に任せてサウナ入ってこいよ。

グラディスとグスタフはしっかり世話をした上で、厩舎……よりお前のコタが良いか、戦いの話もあるだろうからお前のコタに届けておく。

だからほれ……穢れだって落とさなきゃならんのだし、サウナ行ってこい」

「……ありがとうございます、ではグラディス達のことお願いします」

そう言って改めて感謝の気持ちを示し……それから自分のコタに向かっていると、広場の人だかりが大きくなっていて、どうやらユーラ達だけでなくアーリヒもそこにいるようで……なんだか気になって顔を出すと、その中心にいた女性の姿が視界に入り込む。

毛皮のマントで全身を包み、何故だか二枚のガラス板を手に持って顔の前に持ってきていて……赤髪でそばかすがある、20代と思われる女性。

肌は白いけどもシャミ・ノーマ族程ではなく……もしかして沼地の住民なのかな？　と、思うと同時に女性の持っている二枚のガラス板の形状が気になり、丸いそれをよく見てみると……よく知っているある物に似ていることに気付く。

「あ、レンズか……レンズってことは眼鏡？　いや、なんで眼鏡を手で持って……。……もしかしてフレームやツルが金属製だったのかな？　極寒地域で金属は肌につけられないからなぁ」

そしてそんなことを口走ると、人だかりを作っていた村人とその女性の視線がこちらに向き……そしてその女性が涙ぐみながら声を上げてくる。

「そ、そうです、眼鏡なんですぅぅ。

これがないと何も見えないんです、皆さんにさっきからそう説明しているんですけど、まず近眼がよく分からないって言われちゃってぇぇ……もうどうしたら良いか分かんなかったんですぅぅ」

そんな女性の言葉を受けて俺がなんと返したものかと悩んでいると、色々と聞きたいことがあるらしい皆を代表する形でアーリヒが声をかけてくる。

「ヴィトー……その板が何なのかを知っているのですか？　キンガンは目が悪くなる病気らしいですが、それと板にどんな関係が？」

それを受けて俺はアーリヒだけでなく、村の皆に分かるよう……分かってもらえるよう、皆を見ながら説明を始める。

「えぇっと……その板はガラスって言って、んー……まぁ鉄のようなものだと思ってください。

ある砂を溶かして色々混ぜて固めると、ガラスに……氷のような透明の板になるんです。そしてその板をある形に変形させると、レンズというものになって……あー、なんて言ったら良いのか、それを通して何かを見ると目の力を強めてくれてはっきり見えるようになるんです。その人は生まれつき目の力が弱く、レンズがないとまともに物が見えないそうで……レンズがあることでようやくはっきりと物が見えるようになるみたいです。

多分その人はレンズがないと、皆さんの顔も分からないくらいに目の力が弱いんじゃないですかね。

この村にも老いたり目を怪我したりすると似たような状況になる人もいると思うんですが……」

それでようやく皆は納得出来たようで……納得してもらえた所で俺は、続けて問いを投げかける。

「で、その女性は誰なんです？　侵入者の件はどうなりました？　もしかしてその女性がそうだったんですか？」

すると腕を組んで仁王立ちになって、女性に厳しい顔を向けていたユーラが答えを返してくれる。

「おう、そうだ、こいつも侵入者だ。

こいつ以外にも侵入者がいて……ま、そいつらは痛めつけた上で武器と金目のものを奪って追い出したから、もう近付いてこねぇだろ。

本当はもう少し痛めつけたかったんだがな……こいつが出てきて、やめてくれとかなんとか泣きやがるし、恵獣様……ジャルアも弱った相手を痛めつけるのは好みじゃなかったみたいなんでな……まぁ、しょうがねぇ」

続いてサープ。

「まぁ、その分自分達できつーく叱っておいたッスよ。散々調子に乗って人の領域に入り込んで物壊して……挙げ句戦えない者の後ろに隠れて命乞いする卑怯者《ひきょうもの》、戦士の恥を知れ……と、そんな感じで。

正直、こいつも一緒に追い返したかったたんスけどね、なんか話があるってうるさいのと……それと連中にさらなる屈辱を、守るべき相手を奪われたってのを味わわせたかったのもあって連れてきた感じッス。

んで？　何なんスかお前……何が目的でやってきたのか、自分らにも分かるように説明するッス」

ユーラもサープもいつになく辛辣《しんらつ》というか……優しさの欠片《かけら》もない対応だ。

それもまぁ当然というか、こちらの領域に入り込んだだけでなく、鳴子やら罠やらを壊してくれたんだからなぁ……アーリヒも女性に冷たい視線を送っていて、普段なら助け舟を出すなりフォローするなりしているはずなのに、そんな気配を一切見せていない。

「え、えぇっと……あたしはここから南の……あなた達の言う沼地を越えた先にある北林地域のあるお城に勤める学者という仕事をしている者で、名前をビスカと言います。

学者という仕事は様々なことがらを調べたり研究したり、あとは古い書物なんかを読み解くことで……そ、その精霊様に関しての……け、研究もしているんです。

そしたらお城によく来る商人が精霊様を見たと、そんなことを言っていたので……その、興味が湧いたと言いますか、この目で見てみたいと思ったと言いますか、それでこちらに用事があるという彼らに同行してここまで来ました。

か、彼らに関してはその、お城の主である領主様とその商人が用意した人達で、彼らの目的が何だったのかは……実はあたしにもよく分かんないんです。

あ、あんな乱暴なことをすると知っていたらそもそも同行しなかったですし……その、一応はあんなことしないようにって止めもしたんです。

そしたら怒らせちゃったみたいで、雪の中に突き飛ばされちゃって……それであたし、ショックだったり怖かったりでしばらく動けなくて……それでもなんとか勇気出して立ち上がって、駆けつけたら……そ、そこの方々と出会ったという感じです」

そう言って女性はオドオドと周囲を見回し……村の皆は「ガクシャ？」「オシロ？」「精霊様を見てどうする気だ？」と、そんなことを言ってざわついている。

そしてアーリヒやユーラ達は意見を求めているのか、俺へと視線を向けていて……俺は少し悩んでから口を開く。

「分かりました、とりあえずは客人という扱いにしますので、お互い一旦時間を置きましょう。俺は狩りの穢れを落とすためにサウナに入らないといけないでしょうし、あなたも体が冷えているでしょうから……まずはどこかのコタで体を休めてください。

……アーリヒ、北の一帯でかなりの数の魔獣を狩って、その回収をさっき頼んでおいたから、その対応とかこの女性のこととかお願い出来るかな？

この女性は……とりあえず敵意とかはないようだから、一人か二人の見張りがいれば大丈夫だと思うよ。

その後のことは……サウナに入ってから改めて皆で話し合って決めるということでどうかな？」

すると村の皆は俺が……精霊の愛し子がそう言うのならとなんとか納得してくれて、アーリヒもようやく見せてくれた柔らかな表情で頷いてくれる。

ユーラとサープもいつもの表情に戻り、そして……、

「かなりの数の魔獣だって!?　なら肉を山程食えるな！」

「ヴィトーも立派な狩人になったッスねぇ!!」

と、そんな声を上げ、なんとも楽しげに近寄ってきて、自分達も沼地の穢れを落としたいからサウナに行きたいとそんなことも言ってきて……それから一緒にサウナに行くことになるのだった。

ユーラとサープの二人と、シェフィ、ドラー、そして合流したウィニアの精霊三人とでサウナに入ることになり……体を綺麗に洗ってから俺達がサウナ室に入り椅子に座ると、精霊達はサウナストーブの上に空中に浮かぶベンチを作り、そこに仲良く座って熱気に蒸され始め……その様子を見て少しだけ目を丸くしたサープが、その目をこちらに向けて口を開く。

「……ところでヴィトー、ガクシャって何なんスか？　あいつの目的……なんとなく察している風だったッスけど、良かったら教えて欲しいッス」

「あー……まぁ、なんとなくだけど察しはついているかな。

まずガクシャは、俺の世界と同じなら学ぶ者という意味で……恐らくはこちらの文化とか信仰……精霊に関するあれこれを知りたいっていう、知的欲求でここまで来た、んじゃないかな。

調べて研究して、そこから新しい知識を生み出したりして生活の役に立てる人を学者と呼ぶ訳だね。

まぁー、その裏にいるスポンサーというか雇い主の思惑はまた別かもしれないけども……。

で、彼女の具体的な目的についてだけど、それを話す前にユーラとサープに何があったか……あの人達とどんな会話をしたかとか教えてくれる？」

と、俺が返すとサープは頷いて、ユーラと一緒に記憶を探りながら今日の出来事を説明してくれる。

沼地の人々とのやり取り、その後の戦闘、そしてあの学者の女性の言葉。

それらを聞いて俺は頷き……それから考えをまとめて言葉にしていく。

「んー……まず商人の目的は明白で取引の再開だね。

何人も人を雇ってきたのを見ると相当焦っているようで……もしかしたら商人以外の思惑も関わっているのかも。

良い木材は建物はもちろん、船のマストなんかにも使えるから……もしかしたら支配層、貴族とかの思惑も関係しているのかもね。

ヴァークの人達と長年揉めているとするなら、その対抗策として軍船を造ろうとしていても不思議ではないし……そんな状況でやらかしたとなったら商人としても後がないのかもしれないね。

商人以外の男達は多分傭兵で……金を稼ぐのと、上手くすればうちの村を略奪出来るとか、そんな目的でやってきたのかもしれないね。

で……学者はやっぱりさっき言った通りの目的なんじゃないかな、特にほら、魔法と汚染の辺りのことを迷信なんて言っちゃっていることからして、あちらでは瘴気関連の知識継承が上手くいっていないみたいだし……そこら辺を調べに来たんだろうね」

魔法を使うことによって瘴気が生まれ、それが世界を汚染し、世界をおかしな形に歪めてしまう。俺達シャミ・ノーマ族にとってそれは差し迫った世界の危機なのだけど、彼らにとってはただの迷信……。

沼地から南の世界ではすでに世界が歪み始めているというのに、それを迷信と言い切ってしまっているのは……もしかしたら瘴気が彼らの考え方にも影響してしまっているのかもしれないなぁ。

「ふぅーん？　沼地じゃそういったことを調べるだけの連中がいるんスか？

知識はそりゃぁ大事ッスけど、知識が欲しけりゃ爺さん婆さんに教われば良い訳で……わざわざガクシャなんて必要なさそうッスけど……」

俺の言葉を受けて少しの間考え込んでいたサープがそう言ってきて……俺はその気持ちは分かると頷いてから言葉を返す。

「一見必要なさそうなことを役立てたり、そこから役立つ何かを生み出したりするのもまた学者の仕事って感じかな。

成果が見えにくいから俺の世界でも必要ないんじゃないか、なんてことを言われていたけど……そういった人達の研究のおかげで生み出された物も多かったし、目に見えない所で生活の根底を支えてくれていたりもしたんだ。

……たとえば俺の銃なんかは、学者達の研究の賜物《たまもの》……科学の結晶の一つだからね。

漢方薬もそうだし……あ、そうだ、俺がシェフィに作ってもらった漢方薬についての『本』……あれこそが学者が生み出した物の代表例だね。

俺は漢方薬に関する研究者……学者じゃないけど、そういった人達が知識を本にまとめてくれているから、それを読むだけでどの漢方薬がどう効くのか、どう使ったら安全なのかがすぐに分かる。

そんな風に皆に分かりやすく、知識を広げることで皆の暮らしを豊かにする……って感じだね」

「あー……なるほど、今のでなんとなく分かったッス。

……なるほどなるほど、あの学者が色んなことを調べて本にしたら、本を手に取った沼地の人皆が同じ知識を得るんスねぇ。

……だから一人で……そして裏にそれをさせているヤツがいる……納得ッス」

「おお、今のはオレ様にもよく分かったぜ！」

俺の言葉に納得出来たのか二人がそう言ってくれて……それから俺は銃の仕組みについてもあれこれと語る。

火薬、薬莢、ライフリング……そのための発射機構が銃で、弾丸の方にこそかなりの知識が、科学が使われていて……と、そんな説明をしていると、シェフィが俺の目の前にやってきて、なんとも予想外の言葉を口にする。

『あ、言い忘れてたけど、ヴィトーの銃は純粋な科学の産物ではないからね。

銃や弾丸……のようなものを精霊の力で作り出している訳で、大本があのポイントなんだから、普通のものとは違うっていうのは分かってたでしょ？

つまりはまぁ、精霊パワーの賜物って訳だね！　仕組み自体は科学のソレだけどね！

……そういう訳でヴィトー、このサウナが終わったら魔獣をたくさん倒したご褒美に銃をボク達三精霊のパワーで、パワーアップしてあげるからね！

ヴィトーも今の銃じゃぁ力不足だって感じ始めてたみたいだし……たっくさん魔獣倒したことで瘴気が一気に薄まったからね！　そのくらいの余裕が出来ちゃったんだよね！

いやぁ……相手も馬鹿だよねぇ、あんな風に魔獣を使い捨てるなんてさ！』

そんな突然のシェフィの言葉に俺は目を丸くし……ユーラとサープも似たような顔をする。

まさかあの銃にそんな秘密があったなんて、とか。

銃がアレ以上強くなってしまうのか、とか。

今回の狩りはそんなに大事だったのか、とか。

魔王……のような影は一体何を考えているんだ、とか。

色んな言葉が浮かんできて、頭の中をぐるぐる巡って……巡って、段々と頭が茹《ゆ》だってくる。

そして……、

「そうだ、サウナ中だった!!」

そのことに気付いた俺は砂時計を確認し、とっくに砂が落ちきっていることに気付いて大慌てで立ち上がって、水風呂こと湖の方へと駆けていく。

これ以上はのぼせてしまう、さっさと冷水で頭と体を冷やさなければ。

そうやって駆ける俺の後をユーラとサープと、三精霊が追いかけてきて……そうして俺達は皆で一斉に湖へと飛び込んで茹だってしまった頭と体を一気に冷却するのだった。

湖の冷水で一気に火照りをとって、瞑想小屋へと駆け込んで……椅子に深く腰掛け目を閉じると、いつものととのいとはまた違った感覚が全身を包み込む。

甘く柔らかでふわふわとしていて……それは眠っているかのような感覚で、そして夢まで見始めてしまう。

それは過去の夢であり、今の夢でもあり、舞台は日本のなんでもない町並みなのに、登場している人物はアーリヒを始めとした村の皆で……シェフィにユーラとサープ、ジュド爺にグラディス達までがいる。

そして皆で楽しそうに笑っていて、なんでもない日々を過ごしていて……でもなんだか違和感があって……そして背景が雪に覆われた白銀世界に変化すると、その違和感がなくなって……自分の居場所はここなんだ、皆こそが仲間なんだという、そんな確信に近い気持ちが湧いてくる。

そしてそこで……この世界で皆といっしょに笑いあって――

と、そこで夢が終わり、目が覚める。

ととのった感覚はなく、かと言って寝ていたような感覚もなく……シェフィが何かしたのだろうかと瞑想小屋の隅に置かれた……誰かがわざわざ作ってくれたらしい精霊達のための小さな椅子へと視線をやるが、そこでシェフィは上手くととのったのか、とろけて緩んだ顔をしていて……何かをしたような様子はない。

たまたまあんな夢を見ただけなのかと小さなため息を吐き出した俺が立ち上がると、ユーラとサープも立ち上がり……着替えなどを済ませて、それから精霊達を起こし、今頃大量の魔獣肉で盛り上がっているだろう、村へと向かう。

「……シェフィ、ありがとうな、こっちの世界に来られて本当に良かったよ」

その途中、頭の上に乗ったシェフィにだけ聞こえるようにそう言うと、俺があんな夢を見たことも、俺がどうして礼を言っているのかも分かっているかのようにシェフィは、俺の頭をぽんぽんと叩いてから一言だけを返してくる。

『良いよ』

その言葉を受けて、なんとも言えず温かい気持ちになり、ととのえはしなかったが今日は美味い夕飯が食えそうだといつも以上に賑わっている村に入り、もくもくと炊事の煙を上げている食堂コタの中に入ると……そこで吊るし上げのような状態で、一人だけ離れた席に座り、皆の視線を集めている女性の姿が視界に入り込む。

「あ、忘れてた」

サウナ中はあれこれ語っていたガクシャ……学者のことをすっかりと忘れていた俺のそんな言葉を受けて、学者の女性は一瞬眉をひそめるが、何も言わずその高い鼻をすんと鳴らして涙ぐむ。

そんな小さな仕草に対しても、周囲の村人達は不審そうな目を向けていて……ひとまず俺は、女性に何かを聞くよりも皆のそういった態度を和らげようと、皆に向けて声を上げる。

「……この女性は、シャミ・ノーマの教えや精霊の教え、瘴気や魔獣の関係を学ぼうとここに来たようなんです。

学んで沼地の人々や……それ以外の人々にも広めるために本、正しい知識を書き留めた紙束を作ろうとしていて、そうやって正しい知識が向こうに広まれば、この世界を浄化する際の助けになるはずです。

そういう意味では味方でもあるし……俺達のことを学び、理解しようとしている人でもあるので、客人として歓迎しても問題ないと思いますよ。

……なぁ、シェフィ、そうだろ？」

『ん？　そうだね、学ぶことはとても良いことだし、彼女からは邪心も感じられないし……変な武器も持ってないし、魔法に染まり切っている様子もない。

それに酷くお腹も空かせてるみたいだし、とりあえず歓迎してあげても良いんじゃないかな』

俺の言葉よりもシェフィの言葉の方が皆に伝わったのだろう、途端に空気が和らぎ、安堵のため息まで吐き出されて……そしてすぐに学者の女性に、魔獣肉のスープが入った器が手渡される。

「あ、あの、ありがとうございます！　ありがとうございます！

まだ少ししか触れてないですけど、暮らし方も文化も凄く興味深くて……精霊様のこともびっくりしたんですけど、それ以上に目が覚める思いで……ここでいろんなことを学ばせてください！

せ、浅学非才の身ではありますが……この村と、せ、精霊様のお役に立てるよう頑張りますので!!」

その器と木匙を受け取った女性は、周囲の空気が変わったことを感じ取ったのだろう、少しだけ柔らかな表情となってそう言って……それを受けて皆が頷くと、更に表情を柔らかくし……それからほんの一瞬だけ躊躇してからスープを口に運び……そうして美味しかったのか頬を染めて目を丸くし、なんとも元気良く豪快にスープを飲み続けるのだった。

あれから数日が経って……ひとまず学者の女性、ビスカは村の皆に受け入れてもらえたようだ。

本人に悪意はなく、性格が悪いということもなく、その上精霊が認めていることもあり、最初は厳しい態度を取っていた村人達も、今では客人として彼女を扱っている。

何より今は大量の魔獣を狩ることが出来たことにより、精神的にも食料的にも余裕がある状態で……その余裕が彼女の滞在を許してくれているのだろう。

とは言え、それで全ての問題が解決したという訳ではない。

まず沼地の人々のこと……これまで付き合いのあった商人達があんなことをしでかして来たというのはかなりのことで、今後も似たようなことが繰り返されるかもしれない。

それどころかもっと酷いことをしてくるかもしれず……かなりの警戒が必要だろう。

そしてビスカは沼地の人々の一員であり……何かがあれば彼女の立場は厳しいものとなるはずだ。

逆に彼女が窓口となって沼地の人々を説得するなり、こちらへの理解を深めさせるなりしてくれたなら事態が解決するかもしれないが……一介の学者にそれだけの力があるのかは未知数で、なんとも言えないところだった。

そしてもう一つ、彼女がここの環境に不慣れというのも問題だった。

寒さが厳しく、風が強く、何もかもが凍てつくこの土地での暮らしは相応に過酷なもので……不慣れな彼女にとってはかなりの負担となっているようだ。

初めての食事を口にした際、彼女が頬を染めていたのは美味しいというのもあったのだろうけども、何より温かくエネルギーとなる食事を口に出来たことで体が温まっていただけのようで……そうやって体の内側から温めないと、すぐに体が冷え切ってしまうらしい。

シャミ・ノーマ族の服を貸しただけではどうにもならず、根本的に体を鍛え、この寒さに慣れさせる必要があるようで……それには相応の日数が必要となるのだろう。

そんなに体が冷え切っているのなら、サウナに何度も入ったら良いのにと思うが……ここもちょっとした問題となった。

そもそも彼女達に……沼地の人々にサウナの習慣がなかったのだ。

何なら入浴の習慣もない……お湯に浸したタオルで体を拭くくらいのことは毎日していたようだが、それもそこまでしっかりとは洗っていなかったようで……彼女にそこら辺のことを教え込むことは結構大変だったようだ。

石鹸のことは知っているが、それで体中を洗うというのには抵抗があり、人前で全裸になるのも抵抗があり、サウナのように異常な暑さに身を晒すのも抵抗がある。

とは言え、ここで暮らしていく以上は体を清潔にすることも、サウナに入ることも欠かすことは出来ないことで……アーリヒが中心となった女性陣が、どうにかこうにか彼女にその辺りのことを教えて、ビスカもようやくそのことを受け入れてくれたそうだ。

「……本当に大変だったんですよ、特に清潔の概念に関しては大変でした、精霊様の説得もあってようやくだったんですから……。

毛穴から病気が入り込むとかなんとか、一体何を言っているのやら……そもそもこの辺りに黒死病なんて存在しないというのに……。

そもそもなんですか黒死病って、それこそ魔力によって生まれた病気なのではないですかね？」

と、いう訳で俺は、ここ数日色々大変だったらしいアーリヒの愚痴に付き合っていた。

「あー……黒死病は暖かい地域の病気だからねぇ。

ネズミが媒介したりするんだけど……ここらではそういうネズミは見かけないし、ここらには存在しない病気なのかもねぇ」

そう返すとアーリヒは「なるほど……」と、そう言ってから立ち上がって柄杓を手に取り、ストーブにアロマオイル入りの水を垂らし、ロウリュを始める。

直後蒸気が上がり、一気にサウナ内が暑くなり……なんとも満足そうな表情をしたアーリヒは、俺の隣に腰を下ろす。

こうやってアーリヒの愚痴を聞いたり、二人だけの時間を過ごしたりするのはサウナでやるのが当たり前のルールになりつつある。

ここなら誰かに話を聞かれることはないし、邪魔されることもないし、精霊達も気を利かせてどこかに行ってくれるし……お互いに何も隠すことなくオープンな気持ちになれるからだ。

「しかしそんな病気が怖いから肌をなるべく汚しておくなんて、どうしてそんな勘違いをしてしまったのでしょうね……。

それでは他の病気になってしまうでしょうに……何より、肌が綺麗に保てないではないですか。

実際、村の皆と彼女とでは雲泥の差でしたよ……ほら、よく見てくださいよ、ヴィトー」

と、そう言ってアーリヒは距離を縮めてきて……その肌、というか体を見せつけてくる。

肌の綺麗さを見せたいだけなら腕でも良いだろうに……と、思うが、アーリヒにとっては毎日サウナで磨いているその全身を見て欲しいというか、その全身の美しさこそが自慢であるらしく……

ここで目を逸《そ》らすと怒られそうなので、じっと見やる。

「……いや、うん、とても綺麗だと思うよ、アーリヒの肌は……。

と、言っても女性の肌自体、あんまり見たことないのだけど……」

なんてことを言っているとアーリヒは両腕をあえて振り上げて体を見せつけてくる。

そんなポーズを取ってくることにはかなり驚かされたが、アーリヒは更に……、

「今回ヴィトーはかなりの数の魔獣を狩りました。

そのおかげで北の一体の瘴気が薄まり、多くの土地を確保出来そうとのことです。

特にあの谷は……春になれば周囲の山々から水が注がれ、草花が生い茂り、数えきれない程の薬

草と獣肉が手に入る楽園……今回のヴィトーの功績は凄まじく、私との結婚もあっさりと許されることでしょう。

何なら婚前――――」

「え!? うわっ、びっくりした!?

アーリヒでもそんなこと言うの!? え? いや、駄目でしょ!? 仮にも族長が!?

結婚や出産に力を入れているのなら尚更、しっかりとした手続きを経てじゃないと――――」

と、俺がそんなことを言っているとアーリヒはくすくすと笑う。

いつものように自然体に戻り、なんとも挑発的な表情も元に戻り……どうやら全て冗談であったらしいと理解する。

「うふふ、ヴィトーの精神はとても大人で、私より年上だそうですが……まだまだ子供らしい所もありますね。

もう成人なのですから、もっと堂々としていないとダメですよ」

するとアーリヒが弾んだ声かつなんとも言えない色気を含んだ声でそう言ってきて……それを受けて俺は、またのぼせてしまわないうちにサウナから出ようとした……のだが、アーリヒの抱擁に捕まってしまい、抵抗することも出来ず、少しの間そのままの状態になってしまうのだった。

魔王の目的がどうあれ、大量の魔物が狩れたことにより俺達の状況は大きく前進することになった。

北部の瘴気が一気に消失し、俺達が今まで探索していた北部のエリアだけでなく、更に北と東西の一帯からも瘴気が消えていて……かなりの範囲の浄化が可能となった。

可能となった結果……シェフィ達とサープ達は大忙しとなっているようだ。

シェフィ達が浄化し、サープ達が罠や鳴子を設置し……サウナに良さそうな場所を探してサウナを作るための準備をし、それから地図を作り直し、どんな動物が住んでいるか、どんな植物が生えているかの確認をするなど、かなーり忙しくなっているようだ。

その辺りに何が住んでいるのか、どんな植生なのか、どんな地形なのかといった知識は、一応言い伝えられているのだけど……その知識もかなり古いものとなっているので、再確認が必要という訳だ。

毎日毎日息をつく暇もないほど忙しい……が、魔獣の素材と肉が大量に手に入った上に、魔獣の脅威が遠ざかり、獣が村の付近をうろつくようになり、それだけでなく野生の恵獣も姿を見せてくれるようになってきて……世界が元の姿を取り戻しているという実感と喜びが、その疲れを吹き飛ばしてくれているようだ。

その上ポイントは大量で、銃の改良案まで出てきて……何もかもに余裕があり前途洋々、村の皆の顔に笑みが浮かんでいる。

ただ喜んでばかりいられない部分もあり……まず沼地の連中。

ついに実力行使に出た彼らを警戒して、村の南にはかなりの罠を設置することになったが、それで防ぎきれるかどうか……。

それにあまりに多すぎる罠は野生の獣や恵獣を傷つける可能性もあって、必ずしも良い案だとは言えず……学者のビスカを通じて解決を図れると良いのだけど、それもそう簡単にはいかないだろう。

そしてもう一つは交易をどうするか？　ということだった。

ついに村で持て余し始めた魔獣の素材、ここまで多いといっそ交易で他の品と交換したくなるのだが……相手がいない。

この辺りに住まう他の部族との交易は移動の関係で春にならないと難しく……散々話題に上がっているヴァークとの交易も同じ理由で難しかった。

普段なら沼地の連中に売りつけるところなのだけど、それは絶対に無理な状況で……これもちょっとした悩みどころになっていた。

それでもまぁ、贅沢な悩みとも言えるような内容だし、差し迫って何かをしなければならないという状況でもないので、焦る必要はないのだろうなぁ。

なんてことを考えながら村の中を進んでいく。

ここ数日はずっとグラディスと騎乗訓練をしていたのでこうやってゆっくり歩くのは久しぶりのことで……そうやって村の外れに向かうと、真新しいコタが視界に入り込む。

それは最近建てたばかりのビスカのコタで……しばらく様子を見ていなかったが、どうしているのかとそこに近付いてみると、入り口を勢いよく開けてビスカが顔を見せる。

「サウナですか!?」

そして第一声そんなことを言い……俺が目を丸くしているとビスカは、俺の顔を見るなりがっくりと肩を落として、

「なんだ……ヴィトーさんですか、何か用ですか？」

と、なんとも露骨な態度で声を投げかけてくる。

「いや……どうしているのかと様子を見に来ただけなのだけど……。

第一声でサウナって……そんなにサウナのことが気に入ったの？」

俺がそう返すとビスカは、着込んだシャミ・ノーマ族の伝統衣装の裾を振り回しながら、物凄い勢いの身振り手振りを交えての返事をしてくる。

「そりゃぁ気に入りますよ！　とといの気持ちよさも素晴らしいんですけど、見てくださいこ

のお肌！

すべすべつやつやで、すっかり若返っちゃって……あの特製石鹸のおかげか、今まであったかゆみもなくなって、毎日ぐっすり眠れるんです！

ぐっすり眠れるから頭がすっきりして、書き仕事もガンガン進められますし……いや、本当にヤバいですね、サウナって！

一日一回じゃ足りないくらいですよ！　朝起きて、それと寝る前、二回入りたいくらいです!!」

そう言ってビスカは自分の頬を撫で回してみせて……まぁ、確かに以前よりは綺麗になっているのかもしれない。

ビスカが使っている石鹸は、向こうにはない感染症で苦しんだりしないようにと用意した、工房で作った薬用石鹸で……あれを使っていれば肌の調子もかなり良くなっているだろうからなぁ。

「え、いや、入ったら良いんじゃないの？

朝いきなりは難しいかもだけど、管理人さんの仕事を手伝えば朝食後くらいには入れるだろうし……待っている人がいないのなら一日何回入ったって怒られはしないでしょ？」

なんてことを考えながらそう返すと、ビスカは更に勢いよく、元気いっぱいな声を返してくる。

「いやいやいやいや、何言ってるですか、ヴィトーさん！

あたし、よそ者なんですよ！　しかも迷惑をかけたよそ者です！

それが、あんなにいっぱい薪を使うサウナに何度も入らせてくれなんて、言える訳ないですよ！　普段だって村の誰かが……アーリヒさんとかが誘いに来るの待ってるくらいなんですから！　そのくらいは弁《わきま》えているつもりです！　自重です、自重！」

……なるほど、それで第一声がサウナだったのか。

ずっとサウナに行きたくて、誰かが誘ってくれるのを待ち続けていて……人の気配を感じた瞬間サウナ、と……。

いや、ドハマリしてるじゃん、まさかそこまでサウナにハマってしまうとは……。

確かに気持ちいいものだし、ずっと不潔にしていた状況からとなれば尚更なのだろうけど……いや、それにしても凄いな。

元々サウナ好きになる素養があって、それがサウナに出合った結果……ということなのだろうか。

そんな状況でしっかり学術調査が出来ているのか疑問だったが……ちらっとコタの中を覗き込んでみると、大量の文字が書かれた紙が、まるで洗濯物のように干してあって……うん、調査と記録はしっかりやっているようだ。

シャミ・ノーマ族には文字の文化がなく、必然紙やペンなども存在していないのだけど、低品質のものなら低ポイントで作れるということで、工房でかなりの数を量産して、彼女に渡してある。

彼女が調査し、記録し、本を出版してくれたならあちらでの理解が進むはずで……それを考えれば大した出費でもないのだろう。

「――――ちょっと！　何ぼーっとしてるんですか！　今大事な話してましたよ！　サウナです！　サウナの話ですよ！」

あれこれと考えているとビスカがずいっと顔を寄せながらそんな声を上げてきて、俺は少し後退りしながら言葉を返す。

「いやまぁ、少し考え事をしていてね……。

とりあえず元気そうで良かった、調査も進んでいるみたいだし……しっかり仕事をしてくれているなら、サウナにも遠慮なく入ってもらって良いと思うよ。

それでも気が咎《とが》めるなら……中間報告ということでどんな調査をし、どんな記録をし、どんな本を作ろうとしているのか、村の皆の前で発表したら良い。

そういった発表も学者の大事な業務なんだし……それをしっかりこなしたなら、サウナに好きなだけ入っても誰も文句は言わないと思うよ。

……あ、一応言っておくと、過剰に入りすぎると健康を害するから程々にね」

実際は精霊達がその存在を認めて、歓迎している時点で文句を言う村人はいないのだけど……まだまだ彼女はその辺りの理解が進んでいないようだし、こう言った方が良いだろう。

調査と研究ばかりだと村人との交流の機会が失われてしまうし……学術発表でもなんでも、交流する機会を持つべきだ。

そしてビスカが、こう考えてこんな調査をして、こういう研究をしていると皆が理解してくれたなら、ビスカや沼地の連中への理解も深まるはずで……今後彼らとどう付き合っていくにせよ、その理解はプラスに働いてくれるはずだ。

「……わ、分かりました！

そういうことならあたし、頑張ってみます！

……頑張るので、今夜頑張るので……とりあえず今はサウナいってきます!!

……あ、そうだ、あたしはまだ混浴までは慣れてないので、ヴィトーさんは来ちゃ駄目ですよ」

ビスカはそう言ってからコタに戻り、着替えやらタオルやらを抱えて出てきたと思ったら、慣れない足つきで雪を蹴りながらサウナの方へと向かって突き進んでいく。

俺だってアーリヒ以外の女性との混浴はごめんというか、他の人としたことはないのだけどなぁ

……なんてことを思うが、この村では混浴が当たり前なのだから、ああいう言い方をするのも仕方ないのだろう。

とりあえず元気そうで仕事もしっかりしているようで、何も問題はないようだと頷いた俺は、踵を返して自分のコタへと……そろそろシェフィが帰ってくるはずのコタへと足を向けるのだった。

一度自分のコタに帰ってみたのだけど、まだシェフィは帰ってきておらず……もう少しかかるのかとコタを後にし、恵獣達の餌場へと足を向ける。

そこで世話係に任せていたグラディスとグスタフと合流し……餌をたっぷりと食べて満腹となっているらしい二頭の世話を始める。

ブラッシングをし、蹄のチェックをし、角のチェックもし……ヒビなんかがあったら魔獣との戦闘の際、大変なことになるので徹底的にチェックをする。

それが終わったなら一緒に時間を過ごしたいと声を上げた二頭を連れてコタに戻り……焚き火場に火を入れてコタの中を暖めると、グラディス達がウトウトし始め……俺もそれに釣られてウトウトとしていると、そこにシェフィ、ドラー、ウィニアの三精霊がやってきて……焚き火場の側で体を休め始める。

大量の魔獣がいなくなり、一気に瘴気が薄まり……浄化のチャンスだけども、祈禱師だけでは浄化の手が回らず、それを手伝うために精霊達は忙しい日々を過ごしていて……今日も相当頑張ってくれたようだ。

「お疲れ様、今お茶を淹《い》れるよ」

ぐったりとする精霊達にそう声をかけたならポットを取り出し……樹皮と薬草と木の実と樹液を

すり鉢のようなものですり下ろして混ぜた、この地方独特のお茶を準備する。

飲むとすぅっと腹の奥底まで清涼感が駆け抜け、口の中には甘さが残り……容器の底に残った茶殻……というか、木の実などの残骸も食べるものとされているので、食欲も僅かだが満たされる代物だ。

多分カフェインなんかは入っていないけども、栄養と甘さたっぷり、ついでに病除けにもなる薬草も入っているとあって、疲れた時に飲むと疲れがぐっと癒えたりもする。

それを淹れて、精霊達がいつの間にか俺の部屋の食器置きに置くようになった小さな器に注いでやると、精霊達は何も言わずにそれを飲み始め……綺麗に飲み干してからようやく口を開く。

『はぁ～、疲れた疲れた、浄化出来ること自体は嬉しいことだけど、こう忙しいと嫌になっちゃうね』

『ま、しょうがねぇしょうがねぇ、愛し子達が頑張ってくれたんだ、オラ達も頑張らねぇとな』

『うん……あたしはこのくらいは平気かな……だって頑張った分だけ世界が綺麗になってるし……』

そんなことを言ってから三人は、焚き火の火をぼぉっと眺め始めて……そうやって心と体を休めているのだろうか?

なんてことを考えているとコロンッと寝転がったシェフィが声をかけてくる。

『あ、そうだ、ヴィトー、銃の改良だけど、今夜にでもやることになったから！　いつ次の魔物が現れるかも分からないし、魔王の動きも気になるし、頑張ってくれたヴィトー達に報いるためにもちょっとは気合をいれなきゃって話になってね！

　ボクが銃そのものを改良して……』

『オラが弾丸の改良だ、火の精霊にとっちゃ、火薬は眷属みたいなもんだからよ、期待してくれや！』

　と、ドラー。

『あたしは銃を強化するための道具……アタッチメントを提供します。それを使えば弾丸が風を味方にするようになり、射程距離が伸びてくれるはずです』

　と、ウィニア。

　元々この銃はシェフィが工房で作ってくれたもので……それをシェフィだけでなく火の精霊と風の精霊が強化してくれるとは……。

　銃と弾丸を改良した上でアタッチメントか……銃のアタッチメントというと、スコープやサイレンサーが思い浮かぶけども、猟銃にアタッチメントというのはあまりイメージがなく……一体どんな仕上がりになるんだろうなぁ。

　なんてことを考えていると族長としての仕事を終えたアーリヒがやってきて……グラディス達を

厩舎へと連れていったなら食事にサウナと、二人の時間を楽しみながら夜までの時間を過ごし……銃の改良を見てみたいとついてきたアーリヒとコタに戻ると、そこにはまさかの作業台が……いつもの工房とは少し違った様子の、映画などでよく見る銃関連の作業台……ワークベンチとか呼ばれている物が宙に浮かんでいた。

そしてそのワークベンチの中央に何故か作業用の遮光メガネをしたシェフィが立っていて……そして左右には何故か白衣姿のドラーと、緑色のツナギを着たウィニアの姿があり……それを見たアーリヒは、全く未知の物と格好を見て興味津々といった様子で目を輝かせる。

ワークベンチや精霊達のおかしな格好は、アーリヒにとって初めて目にするものであり、しかもそれを使うのは信仰の対象である精霊で……何か物凄いものを見ているような気分となっているのだろう。

そんなアーリヒの反応で気を良くしたらしいシェフィは、遮光メガネをくいっと手で押し上げてから、いつもの空間を作り手を伸ばし……そこから銃を取り出し、ワークベンチの上に置く。

取り出された銃がワークベンチに置かれる間のほんの一瞬で、銃の大きさが大きく変化しシェフィ達が持って違和感のないサイズになったりしているのだが、アーリヒはそんなこと気にした様子もなく心を弾ませながら焚き火場近くのクッションの上に腰を下ろして観戦モードに入り……そんなアーリヒといきなり小さくなった銃を交互に、何度か見やった俺も無粋なツッコミはいらないかと何も言わず、アーリヒの隣に腰を下ろす。

それを見てうんうんと頷いたシェフィは、なんとも嬉しそうな顔でまずポイントと呼ばれる謎の塊を取り出し……それからハンマーやノコギリを取り出し、ワークベンチに置いた銃の上にそれを置いた上で、ハンマーで叩いたりノコギリを押し付け動かしたりしての作業をし始める。

ハンマーで叩くと火花のようなものが散り……散った火花は何故か空中でパチパチと、線香花火のように弾け、ノコギリを動かすとポイントや銃が切断されるのではなく、ポイントが伸びて曲がり、蠢き……まるで生き物のように動き回る。

そこに更にポイントが追加され……二度三度と追加され、段々と銃の形状が変化していく。

まず銃床が大きくなり、次に銃身が銀色に煌《きら》めいて……そして前へと伸びていく。

そして先台と呼ばれる、銃身の下にある手で支える部分が黒い木材で覆われて……最後に銃身の上にかなり背の高い、中抜きをされた鉄板が取り付けられていく。

『これはねー、リブって言うんだよ、リブの上に照星と照門……狙う時に覗くやつが来るから、顔を銃に近付けなくても……銃から顔を離した視野が広い状態でも狙えて、便利なんだよ。

その分重くなっちゃうんだけど……ヴィトーの体はどんどん強くなっちゃうから平気だよね。

へっへっへー……あっちの神様に色々教わったから、間違ってないはずだよ！』

そう言ったシェフィが鼻……がある辺り、口の上を指で擦ると、ポイントと呼ばれる物質がついてしまったのか鼻の下が金色に煌めき……シェフィはそれに気付かないまま作業を続ける。

そしてその横でドラーによる作業が始まり……大きなガラスフラスコを取り出したドラーは、その中に何処かから取り出した銃弾をゴロゴロと入れてから、同じくどこかから取り出したポイントを入れて……それからフラスコを自分の炎でもってあぶり……中の銃弾とポイントを『煮込み』始める。

そんな風に銃弾を熱してしまえば暴発するはず……なのだが、精霊の力なのかポイントの力なのか、銃弾が暴発することはなく、溶けたポイントと絡み合って……銃弾全体がポイントでコーティングされていく。

そしてウィニアは、シェフィやドラーのようにポイントを取り出し、それを麺生地でも練るかのようにこねたり叩いたり、踏みつけたりした後、両手で摑んでぐいっと伸ばし……更に伸ばすためなのかブンブンと振り回し始める。

そうやって引き伸ばされたポイントを引きちぎり始めるウィニア。

引きちぎられ宙を舞ったポイントは、段々と形を成していって……なんと表現したら良いのか、中に光る何かを入れたガラスの筒のようになっていく。

それが五本連なっていて……ガラスの筒の上部には圧力鍋などにある弁らしきものがついていて……あちらの世界の知識を持っている俺でも、それが何であるのか理解することが出来ない。

　そのガラスの筒を覆うように金色の管が巻かれ……それによってがっしりと固定された五連筒は……あんな見た目で銃のアタッチメントなのか、固定用のネジのようなものが追加されて、訳が分からないながらも、完成形？　へと近付いていく。

「精霊様のお力というものは、本当に凄いものですねー……！」

　そんな光景を見ていたアーリヒがそんな声を上げると、精霊達は更にはりきり始めて……そうしてワークベンチでもって更に謎の作業を続けていき、それぞれの力をたっぷりと詰め込んだ銃の改良作業を続けていくのだった。

　銃の改良が終わって……翌日、早速試射をしてみようとなった。

　村の外れに移動し、不必要となった木材……ボロボロになったものを的として用意し、それらを雪に突き立て距離を取って通常弾の装填を始める。

　そんな試射の見学者はアーリヒと三精霊達で……丸太を横倒しにし、そこに並んで座ってこちらへ興味深げな視線を送ってきている。

　その視線は中々緊張を煽《あお》るもので……なんとも言えない気分となりながら、まずは改良銃で通常弾を装填しての試射を試す。

ストックが大きくなり、銃身が長くなり……他にも色々やったらしい仕上がりはどんなものかと構えを取って狙いを定めてみると……なるほど、銃身上の中抜き板、リブの効果を実感することが出来る。

これがなかった頃は中に顔を近付け、銃と一体になったような形で狙いをつけていたが、顔を近付けなくても狙いがつけられて……おかげで視野を広く持てる。

シェフィの説明通りで、これなら多数の相手の時でも安心だなと、そんなことを考えながら引き金を引くと……いつも通りの音と衝撃ながら、凄い勢いで弾が飛んでいき、的の板を粉々に砕いた上で、後方にあった枯れ木にぶち当たり、その幹をあっさりと砕く。

「……す、凄いことになったな、射程と威力が上がっているのか……。

それに反動も少なくなって……と、これはなんだ？」

まさかの威力に驚き、アーリヒが満面の笑みで拍手をし、精霊達が自慢げにふんぞり返る中、銃のことを改めて確認していると……ストックの下部に丸いボタンがあることに気付く。

大きく丸く……何故かシェフィの笑顔が書き込まれているそのボタンを、なんだこれと首を傾げながら押し込んでみると、直後ストックや先台といった銃の木材部分がまるで生き物のように蠢き、肩や腕に絡みついてくる。

「なんじゃぁこりゃぁぁ!?」

あまりのことにそんな悲鳴を上げながらもがいていると『あはははは！』と笑い声を上げたシェフィが声をかけてくる。

『それは片腕で撃つための仕掛けだよ！

ほら、手綱を持ったり盾を持ったり、片腕が塞がることが多かったでしょ？　だから作っておいたんだ。

肩と腕に絡んで固定して……その分、片腕にかかる負担は物凄いけど、精霊の力で強化されたヴィトーならなんとかなるでしょ。

多分銃剣を使う時とかにも良い支えになるんじゃないかな？』

そう言われて絡みつく木材を受け入れることにし……木材が動きを止めたのを見計らって右腕を持ち上げてみると、猟銃も持ち上がり……ブレたりすることなく構えることも出来て、試しに引き金を引いてみればしっかりと撃つことも出来る。

片腕な分だけ狙いは今ひとつになるみたいだが……片腕で撃てるのだから仕方ないといった所だろうか。

何よりの欠点は見た目のアレさかな……まるで木材に取り込まれたというか、食べられている途中みたいじゃないか。

『もう一度ボタンを押せば元に戻るから！』

なんてシェフィの言葉を受けてもう一度ボタンを押してみると、またも木材が蠢き、元に戻り始め……元通りの銃の形になると一切蠢かなくなる。

「本当に精霊様のお力は凄いのですねぇ」

観客のアーリヒはそんな呑気《のんき》な声を上げながら拍手を続けているが……うん、普通に怖いというかおぞましいと思うのは、俺だけなのだろうかなぁ。

……まぁ、便利なのは確かだから必要な時には使わせてもらうとしよう。

とりあえず次だ次、次は火の精霊ドラーが作ってくれた精霊弾丸を試す。

ドラーが言うには火の力が込められていて……一発1000ポイント、弾丸一発にしてはかなり高額だが、それだけの力が込められているらしい。

用意しておいた板を立て直したら、銃弾とは思えないというか、まるでオモチャのように真っ赤となっているそれを二発装塡し……威力が高いとのことなので十分距離を取った上で、構えを取る。

そしていつものように発射すると、音と衝撃波がいつもの通り、真っ赤な光が銃口から弾けて……板を破壊するのではなく普通に板に着弾し、そして一気に板とその周囲が炎に包まれる。

業火といって遜色ない勢いで、何がそうさせるのかごぉっと音まで鳴って……数秒後、ちょっと焦げたくらいでほぼほぼ無傷の木の板が、なんでもなかったように姿を見せる。

『おう、その炎は瘴気を燃料にする特別製でな、瘴気がないこの辺りじゃぁこんなもんだが、瘴気

の濃い地域や、瘴気の塊である魔獣に打ち込んだならもっと違う結果になるぜ！

それでいて森や他の生き物を燃やすことのない特別な火で……火事とかの心配をする必要はねぇが、魔獣の体は灰になるまで焼いちまうんで肉とかは手に入らねぇだろうな。

だが必殺だ、魔獣相手なら必殺だ！　一撃必殺!!　良い響きだよな』

すぐさまドラーが説明をしてくれて……やっぱりアーリヒは凄い凄いと拍手をしている。

うぅむ……必殺の火炎弾か、厄介な敵相手には躊躇なく使っていきたいが……肉が手に入らないのは残念だな。

一応もう一発も撃ってみて……結果は同じ、二発連続で使ったからか、少しだけ周囲の雪が溶けたりもした。

そして最後は風の精霊ウィニアが作ってくれたアタッチメント。

不思議なガラスの筒を五本並べてベルトのようなもので縛って固定して……その底にU字の板を固定したというようなそれは……、

『銃の先台につけて使って……。

先台につけてシリンダーを押し込んで、あとは弾を発射したら効果を発揮するよ……。

シリンダーが五本なので五発まで使えて、使ったら力を込めるまで再使用は出来ないから。

力はあたしが込めるか……自然に回復させるか。

自然回復なら一日一本、あたしが込める場合は一本100ポイント……効果は射程が伸びる、かな』

と、ウィニアが説明してくれた通りの使い方をするらしい。

言われた通りそのアタッチメントの……U字の部分を中に張り付けてみると、ピタリと張り付き勝手に固定され、外に飛び出していたシリンダーの半分程がカシィンという音と共に埋め込まれる。

……これで装備完了ということなのだろうか、一応U字板についている固定用のネジを……蝶《ちょう》ネジと言われるようなネジを回して固定をしてから、通常弾を装填し、焦げた板から更に距離を取り……かなりしっかりめに距離を取ってから構えを取る。

先台にシリンダーがあるせいで少し持ちにくいが……まぁ、仕方ない、それでもどうにか狙いをつけて……それから言われた通りにシリンダーを押し込むと、シリンダーの先端……圧力鍋とかにある蒸気口のような所から蒸気が噴き出し、ヒィィインという高音がし……数秒待つとそれが落ち着く。

この状態で撃てば良いのかなと引き金を引いてみると、銃弾よりも先に何かが銃口から噴き出したような感覚があり、直後弾丸が発射され……発射された弾丸は板をあっさり貫通し、その奥に……かなり遠方にある木さえも見事に貫く。

「んん!?」

その威力と貫通力にも驚いたが、何より驚いたのは命中した場所で……もしかしてと思うことがあった俺は、もう一度シリンダーを押し込んで引き金を引く。

すると思った通りの場所に命中し……その結果を見て俺は弾がまっすぐに飛んでいるという確信を得る。

通常弾丸は、空気抵抗などの関係でまっすぐ飛ばずに浮き上がり、それから高度を落としていくものなのだが、その気配が一切ない、ただただまっすぐ飛んでいる。

『風の精霊の力を込めたのだから当然だよ……。

空気に抵抗なんてさせる訳ないじゃん……まっすぐ狙った通りのとこに当たるよう、風の道を作るのがそのアタッチメントだよ』

俺の内心を読んだのかウィニアがそんなことを言ってきて……俺はなんともはやと唖然《あぜん》とする。

風の抵抗を受けずにまっすぐ飛ぶって……つまりそれは、何かに当たるまで弾丸が飛び続けるってことじゃないのか？

いや、それでも移動エネルギーは失われてどこかで落ちるのだろうか？　空気抵抗がないにしても重力はある訳で――

『変なとこに飛んでいくようだったら、あたしの力で止めておくから大丈夫……。

どこまでも飛んでいって人や動物に当たるなんてことはないよ、精霊の力だからね……』

するとまたウィニアがそう言ってきて……それを受けて俺はそれ以上考えることを止める。

うん、凄い、精霊の力凄い、とても便利。

バカみたいな考え方だが多分、これで良いのだろう……。

このアタッチメントがあれば猟銃でスナイパーライフルのようなことが出来そうだが……全部で五発ということは忘れないようにしたい。

「……本当に、本当に精霊様のお力というのは凄いものなのですね……。

それを容易《たやす》く扱うヴィトーの姿……改めて精霊様の愛し子であることを痛感させられました。

ヴィトー……これからも村と、私達のためによろしくお願いしますね」

試射を終えて銃のことを眺めていると、いつの間にか側へとやってきたアーリヒがそう声をかけてきて……しっかりとアーリヒを見返し、力強く頷いた俺は、これからも村のため世界のため……そしてアーリヒと自分の明るく楽しいスローライフのために戦おうと決意を新たにするのだった。

あとがき

お久しぶりです、作者の風楼です。

という訳でいつものお礼から、皆様の応援のおかげで、こうして2巻を刊行することが出来ました、本当にありがとうございます！

編集部の皆様、イラストレーターのＬａｒｄさん、この本に関わってくださった皆様も本当にありがとうございます！　いつもお世話になっています！


と、いう訳で2巻です。

2巻では新キャラが出てきたり、名前だけ出ていた地域の人々が出てきたり……色々新登場しています。

そしてサウナの入り方も新登場……アウフグースやアロマといろいろな入り方を楽しんでいます

ねぇ。

噴き上げた蒸気を体にぶつけるアウフグースですが……実はこれをロウリュと呼ぶ地域もあったりします。

ロウリュとはサウナストーンに水をふりかけ蒸気を噴き上げさせ、サウナの温度を一気に上げて楽しむ手法なんですが、その後のアウフグースまでをセットとし、全部ひっくるめてロウリュと呼ぶ……みたいな感じです。

そんな感じなので色々ややこしかったりもするのですが……とりあえずこの作品ではしっかり区別していく感じで取り扱いたいと思っています。


そんなアウフグース、蒸気のぶつけ方も様々で……タオルで扇ぐこともあれば、大きなうちわで扇ぐなんてこともありますし、中には機械で送風する、なんて施設も存在しています。

サウナ内に送風機が最初から組み込まれていたり、人が持ち込んだ送風機で熱風をぶっ放したり。

送風機のアウフグースは人力とは全く別物というか、遠慮の無さがすごいというか……とにかく威力が凄まじく、初めて浴びた時にはなんだこれ!? と困惑したものです。

その分だけサウナ後の水風呂と外気浴が気持ち良く、気持ち良いからこそハマる人も多く……ア

ウフグースの良さが人気の秘訣となっているサウナも多かったりします。

　それを精霊の力で行ったなら……きっと凄まじいことになるんでしょうねぇ、こちらの世界では絶対に味わえないサウナ……うぅむ、ヴィトー達が羨ましいですねぇ。


　羨ましいなんてことを言ってしまうと、サウナを毎日堪能できる環境や、豪快な水風呂環境も羨ましかったりします。

　北欧の方では氷が張った湖に飛び込んだり、雪の中に埋もれたりといったことはザラに行われているようです。

　色々と大丈夫なの？　と思ってしまいますが、日常的に……街中でもそんなノリらしく、凄まじいなぁと思ってしまいます。

　車よりサウナの方が多いとか、何十人もの人が入れる大きなサウナがあるとか、水中サウナ、ロープウェイサウナ、サウナカー、サウナバス、サウナ船、などなどなど、話を聞く度、それ本当なの？　という疑問が湧いてきますが……写真や動画など証拠がザクザクと出てくるのだから本当に凄まじい。

　サウナが健康に良いのか悪いのか……医者でも研究者でもない私としては、どちらとも言い切れない訳ですが、そんなレベルでサウナ漬けの国があることを思うと、そこまで悪いものでもないんじゃないかな？　と、思ったりします。

じゃないと社会問題とか、結構な騒動になってそうですし……悪い部分もあるのでしょうけど、そこまで悪いものではない……はずです、きっと多分、メイビー。

……まぁ、うん、ヴィトー達の世界は精霊が守ってくれているので、そんなことを心配する必要もないのですが。

悪い部分は全部精霊パワーで防ぎ、良い部分だけが残っています。

清潔で、新陳代謝が活発で、血行も良く、精神面にもいい影響があり……ただただメリットしかないサウナ。

いや、本当にヴィトー達が羨ましくなってしまいますねぇ。

そんなヴィトー達のサウナライフ……と狩猟やら何やらも、これからも楽しく面白く書いていけたらなと思っていまして……そしてそんなヴィトー達の日々が漫画になるそうです。

この本が発売される頃には発表されている……はずで、まだ企画段階だそうですが、

作画：緑川　葉さん

構成：高橋　佑輔さん

という形でお話が進んでいるそうで……お二方とも、実力のあるすごい方なので、そんなお二人のお力で一体どんな世界が出来上がるのか、今から楽しみで仕方ありません。

私の書き方とは全く違う、新たな視点の物語になってくれそうで……ご期待いただけたらと思います！

ではでは、今回はこの辺りで、次回があれば……ヴァークのあれこれがあったり、ユーラ達のあれこれがあったり……静かだった北の辺境も色々と賑やかになっていきそうです。

そんなヴィトー達の物語を引き続き応援していただければと思います！

２０２４年　６月　風楼

SQEXノベル

転生先は北の辺境でしたが精霊のおかげでけっこう快適です
～楽園目指して狩猟開拓ときどきサウナ～　2

著者
風楼

イラストレーター
Lard

2024年7月5日　初版発行

発行人
松浦克義

発行所
株式会社スクウェア・エニックス
〒160－8430
東京都新宿区新宿6－27－30　新宿イーストサイドスクエア
（お問い合わせ）スクウェア・エニックス　サポートセンター
https://sqex.to/PUB

印刷所
中央精版印刷株式会社

担当編集
増田 翼

装幀
冨永尚弘（木村デザイン・ラボ）

ISBN978-4-7575-9295-7　C0093　　Printed in Japan